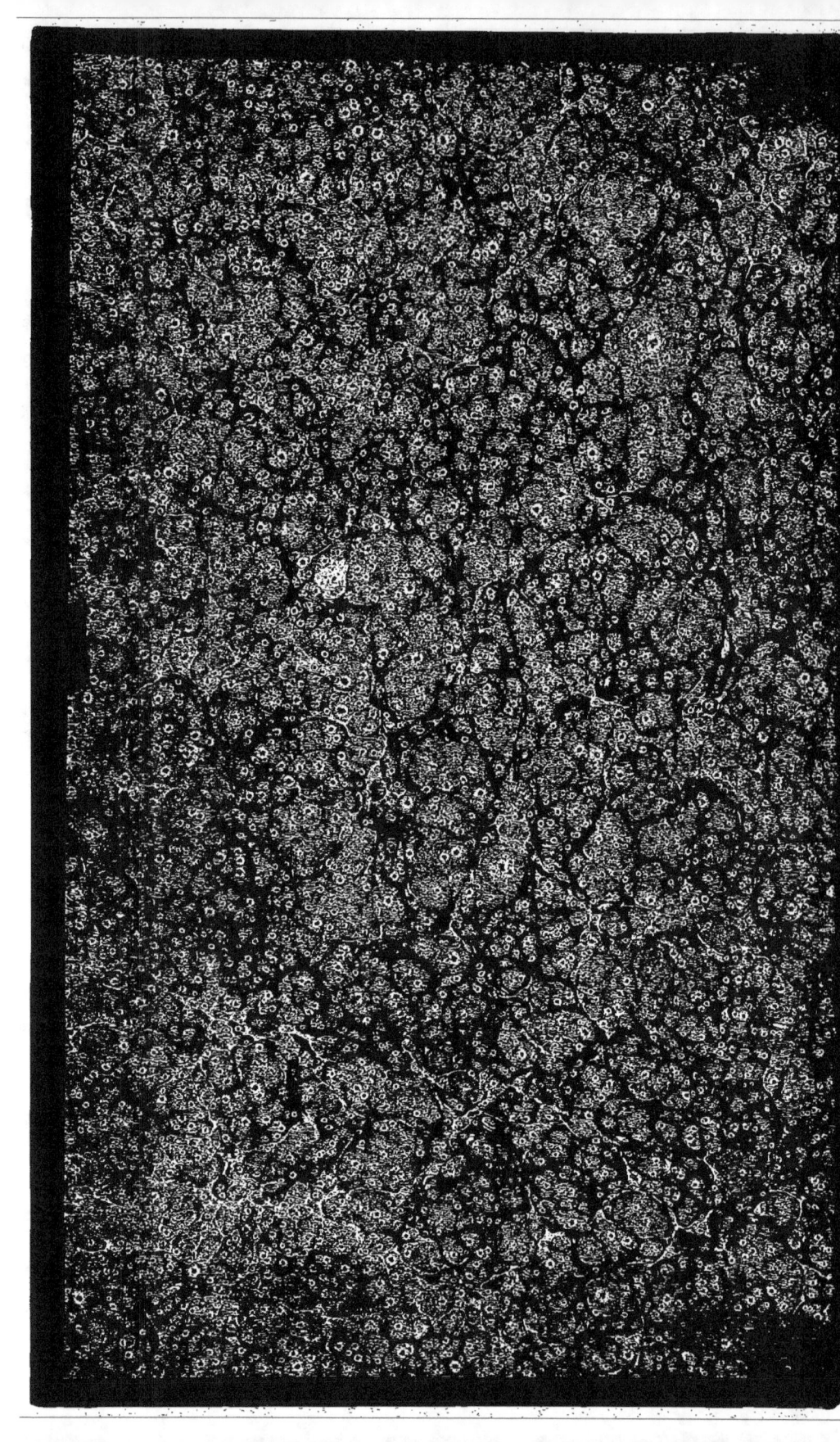

C.

CONSUELO.

OUVRAGES
SOUS PRESSE.

———◆———

SOUVENIRS INTIMES DU COMTE DE MESNARD, premier
écuyer de la duchesse de Berry, recueillis et publiés par madame
Mélanie Waldor, 2 vol. in-8.

L'ENFANT SANS MÈRE, par S. Henry Berthoud, 2 v. in-8.

VERGNIAUD, roman historique, par Touchard-Lafosse, 2 vol. in-8.

LE YACHT DU DIABLE, par Jules David, 2 vol. in-8.

LES DEUX AMOURS, par Émile Bigillion, de Grenoble, 2 v. in-8.

LES AVENTURES DE KOURROGLOU, LE FILS DE
L'AVEUGLE, par George Sand. 2 vol. in-8.

UN SECRET DANS LE MARIAGE, par madame Sophie Panier,
auteur de l'Athée, du Prêtre, etc., etc., 2 vol. in-8.

LA POULE AUX OEUFS D'OR, par Jules Lacroix, 2 vol. in-8.

LA VIPÈRE, par le même, 2 vol. in-8.

LA PLUS HEUREUSE FEMME DU MONDE, par madame Char-
lotte de Sor, 2 vol. in-8.

LE HUSSARD DE LA MORT, par P. L. Jacob, 2 vol. in-8.

LE QUARTIER DES JUIFS, par le même, 2 vol. in-8.

UN MARI, par Madame la comtesse Dash, 2 vol. in-8.

MAURICE ROBERT, par la même.

LE CAPITAINE SPARTACUS, par Paul Feval, 2 vol. in-8.

LAGNY. — Imprimerie de Giroux et Vialat.

CONSUELO

PAR

GEORGE SAND.

Tome Huitième.

————▸▸▸▸◖◉◖◉◖◗◖◀◀◀◀——

PARIS,

L. DE POTTER, LIBRAIRE-ÉDITEUR,

Acquéreur du Cabinet de lecture, Collection universelle des meilleurs romans modernes.
1500 volumes in-12. Prix : 1000 fr.
Rue Saint-Jacques, 38.

———

1843.

1

Le comte Christian tomba comme froudroyé sur son fauteuil ; la chanoinesse, en proie à des sanglots convulsifs, se jeta sur Albert comme si elle eût espéré le ranimer encore une fois par ses caresses ; le baron Frédéric prononça quelques mots sans suite ni sens qui avaient le ca-

ractère d'un égarement tranquille. Supperville
s'approcha de Consuelo, dont l'énergique im-
mobilité l'effrayait plus que la crise des autres :
— Ne vous occupez pas de moi, Monsieur, lui
dit-elle, ni vous non plus, mon ami, répondit-
elle au Porpora, qui portait sur elle toute sa
sollicitude dans le premier moment. Emmenez
ces malheureux parents. Soignez-les, ne songez
qu'à eux ; moi, je resterai ici. Les morts n'ont
besoin que de respect et de prières.

Le comte et le baron se laissèrent emmener
sans résistance. La chanoinesse, roide et froide
comme un cadavre, fut emportée dans son appartement, où Supperville la suivit pour la secourir. Le Porpora, ne sachant plus lui-même
où il en était, sortit et se promena dans les jardins comme un fou. Il étouffait. Sa sensibilité
était comme emprisonnée sous une cuirasse de
sécheresse plus apparente que réelle, mais dont
il avait pris l'habitude physique. Les scènes de

deuil et de terreur exaltaient son imagination impressionnable, et il courut longtemps au clair de la lune, poursuivi par des voix sinistres qui lui chantaient aux oreilles un *Dies iræ* effrayant.

Consuelo resta donc seule auprès d'Albert; car à peine le chapelain eut-il commencé à réciter les prières de l'office des morts, qu'il tomba en défaillance, et il fallut l'emporter à son tour. Le pauvre homme s'était obstiné à veiller Albert avec la chanoinesse durant toute sa maladie, et il était au bout de ses forces. La comtesse de Rudolstadt, agenouillée près du corps de son époux, tenant ses mains glacées dans les siennes, et la tête appuyée contre ce cœur qui ne battait plus, tomba dans un profond recueillement. Ce que Consuelo éprouva en cet instant suprême ne fut point précisément de la douleur. Du moins ce ne fut pas cette douleur de regret et de déchirement qui accompagne la perte des êtres nécessaires à notre bonheur de tous les instants. Son affection pour Albert n'avait pas eu ce caractère d'intimité, et sa mort ne creusait pas un vide apparent dans son existence. Le désespoir de perdre ce qu'on aime tient souvent à des causes secrètes d'amour de soi-même et de lâcheté en face des nouveaux devoirs que leur absence nous crée. Une partie de cette douleur est légitime, l'autre ne l'est pas et doit être combattue, quoiqu'elle soit aussi naturelle. Rien de tout cela ne pouvait se mêler à la tristesse solennelle de Consuelo. L'existence d'Albert était étrangère à la sienne en tous points, hormis un seul, le besoin d'admiration, de respect et de sympathie qu'il avait satisfait en elle. Elle avait accepté la vie sans lui, elle avait même renoncé à tout témoignage d'une affection que deux jours auparavant elle croyait encore avoir perdue. Il ne lui était resté que le besoin et le désir de rester fidèle à un souvenir sacré. Albert avait été déjà mort pour

elle; il ne l'était guère plus maintenant, et peut-
être l'était-il moins à certains égards; car enfin
Consuelo, longtemps exaltée par le commerce
de cette âme supérieure, en était venue depuis,
dans ses méditations rêveuses, à adopter la
croyance poétique d'Albert sur la transmission
des âmes. Cette croyance avait trouvé une forte
base dans sa haine instinctive pour l'idée des
vengeances infernales de Dieu envers l'homme
après la mort, et dans sa foi chrétienne à l'éter-
nité de la vie de l'âme. Albert vivant, mais pré-
venu contre elle par les apparences, infidèle à
l'amour ou rongé par le soupçon, lui était apparu comme enveloppé d'un voile et transporté
dans une nouvelle existence, incomplète au prix
de celle qu'il avait voulu consacrer à l'amour
sublime et à l'inébranlable confiance. Albert,
ramené à cette foi, à cet enthousiasme, et exha-
lant le dernier soupir sur son sein, était-il donc
anéanti pour elle? Ne vivait-il pas de toute la

plénitude de la vie en passant sous cet arc de
triomphe d'une belle mort, qui conduit soit à
un mystérieux repos temporaire, soit à un réveil immédiat dans un milieu plus pur et plus
propice? Mourir en combattant sa propre faiblesse, et renaître doué de la force ; mourir en
pardonnant aux méchants, et renaître sous l'influence et l'égide des cœurs généreux ; mourir
déchiré de sincères remords, et renaître absous
et purifié avec les innéités de la vertu, ne sont-
ce point là d'assez divines récompenses? Consuelo, initiée par les enseignements d'Albert à
ces doctrines qui avaient leur source dans le
hussitisme de la vieille Bohême et dans les mystérieuses sectes des âges antérieurs (lesquelles
se rattachaient à de sérieuses interprétations de
la pensée même du Christ et à celle de ses de-
vanciers); Consuelo, doucement, sinon savam-
ment convaincue que l'âme de son époux ne
s'était pas brusquement détachée de la sienne

pour aller l'oublier dans les régions inaccessi-
bles d'un empyrée fantastique, mêlait à cette
notion nouvelle quelque chose des souvenirs
superstitieux de son adolescence. Elle avait cru
aux revenants comme y croient les enfants du
peuple ; elle avait vu plus d'une fois en rêve le
spectre de sa mère s'approchant d'elle pour la
protéger et la préserver. C'était une manière de
croire déjà à l'éternel hyménée des âmes des
morts avec le monde des vivants ; car cette superstition des peuples naïfs semble être restée
de tout temps comme une protestation contre le
départ absolu de l'essence humaine pour le ciel
ou l'enfer des législateurs religieux.

Consuelo, attachée au sein de ce cadavre, ne
s'imaginait donc pas qu'il était mort, et ne
comprenait rien à l'horreur de ce mot, de ce
spectacle et de cette idée. Il ne lui semblait pas
que la vie intellectuelle pût s'évanouir si vite, et
que ce cerveau, ce cœur à jamais privé de la

puissance de se manifester, fût déjà éteint complètement. « Non, pensait-elle, l'étincelle divine
hésite peut-être encore à se perdre dans le sein
de Dieu, qui va la reprendre pour la renvoyer à
la vie universelle sous une nouvelle forme humaine. Il y a encore peut-être une sorte de vie
mystérieuse, inconnue, dans ce sein à peine re-
froidi ; et d'ailleurs, où que soit l'âme d'Albert, elle voit, elle comprend, elle sait ce qui se
passe ici autour de sa dépouille. Elle cherche
peut-être dans mon amour un aliment pour sa
nouvelle activité, dans ma foi une force d'impulsion pour aller chercher en Dieu l'élan de la
résurrection. » Et, pénétrée de ces vagues pensées, elle continuait à aimer Albert, à lui ouvrir
son âme, à lui donner son dévouement, à lui
renouveler le serment de fidélité qu'elle venait
de lui faire au nom de Dieu et de sa famille ; enfin à le traiter dans ses idées et dans ses sentiments, non comme un mort qu'on pleure parce

qu'on va s'en détacher, mais comme un vivant dont on respecte le repos en attendant qu'on lui sourie à son réveil.

Lorsque le Porpora retrouva sa raison, il se souvint avec effroi de la situation où il avait laissé sa pupille, et se hâta de la rejoindre. Il fut surpris de la trouver aussi calme que si elle eût veillé au chevet d'un ami. Il voulut lui parler et l'exhorter à aller prendre du repos. « Ne dites pas de paroles inutiles devant cet ange endormi, lui répondit-elle. Allez vous reposer, mon bon maître ; moi, je me repose ici.

— Tu veux donc te tuer ? dit le Porpora avec une sorte de désespoir.

— Non, mon ami, je vivrai, répondit Consuelo ; je remplirai tous mes devoirs envers *lui* et envers vous ; mais je ne l'abandonnerai pas d'un instant cette nuit.

Comme rien ne se faisait dans la maison sans l'ordre de la chanoinesse, et qu'une frayeur su-

perstitieuse régnait à propos d'Albert dans l'esprit de tous les domestiques, personne n'osa,
durant toute cette nuit, approcher du salon où
Consuelo resta seule avec Albert. Le Porpora et
le médecin allaient et venaient de la chambre du
comte à celle de la chanoinesse et à celle du chapelain. De temps en temps, ils revenaient infor-
mer Consuelo de l'état de ces infortunés et s'assurer du sien propre. Ils ne comprenaient rien à
tant de courage.

Enfin aux approches du matin, tout fut tranquille. Un sommeil accablant vainquit toutes les
forces de la douleur. Le médecin écrasé de fatigue, alla se coucher; le Porpora s'assoupit sur
une chaise, la tête appuyée sur le bord du lit du
comte Christian. Consuelo seule n'éprouva pas le
besoin d'oublier sa situation. Perdue dans ses
pensées, tour à tour priant avec ferveur ou rêvant avec enthousiasme, elle n'eut pour com-
pagnon assidu de sa veillée silencieuse que le

triste Cynabre, qui, de temps en temps, regardait son maître, lui léchait la main, balayait
avec sa queue la cendre de l'âtre, et habitué à ne
plus recevoir les caresses de sa main débile, se
recouchait avec résignation, la tête allongée sur
ses pieds inertes.

Quand le soleil, se levant derrière les arbres
du jardin, vint jeter une clarté de pourpre sur
le front d'Albert, Consuelo fut tirée de sa méditation par la chanoinesse. Le comte ne put sortir
de son lit, mais le baron Frédéric vint machi-
nalement prier, avec sa sœur et le chapelain,
autour de l'autel, puis on parla de procéder à
l'ensevelissement; et la chanoinesse, retrouvant
des forces pour ces soins matériels, fit appeler
ses femmes et le vieux Hanz. Ce fut alors que le
médecin et le Porpora exigèrent que Consuelo
allât prendre du repos, et elle s'y résigna, après
avoir passé auprès du lit du comte Christian, qui
la regarda sans paraître la voir. On ne pouvait

dire s'il veillait ou s'il dormait ; ses yeux étaient
ouverts, sa respiration calme, sa figure sans
expression.

Lorsque Consuelo se réveilla au bout de
quelques heures, elle descendit au salon, et son
cœur se serra affreusement en le trouvant désert.
Albert avait été déposé sur un brancard de parade et porté dans la chapelle. Son fauteuil
était vide à la même place où Consuelo l'avait
vu la veille. C'était tout ce qui restait de lui en
ce lieu qui avait été le centre de la vie de toute
la famille pendant tant de jours amers. Son
chien même n'était plus là ; le soleil printanier
ravivait ces tristes lambris, et les merles sif-
flaient dans le jardin avec une insolente gaieté.

Consuelo passa doucement dans la pièce voisine, dont la porte restait entr'ouverte. Le comte
Christian était toujours couché, toujours insensible en apparence, à la perte qu'il venait de
faire. Sa sœur, reportant sur lui toute la solli-

citude qu'elle avait eue pour Albert, le soignait avec vigilance. Le baron regardait brûler les bûches dans la cheminée d'un air hébété ; seulement des larmes, qui tombaient silencieusement sur ses joues sans qu'il songeât à les essuyer, montraient qu'il n'avait pas eu le bonheur de perdre la mémoire.

Consuelo s'approcha de la chanoinesse pour lui baiser la main ; mais cette main se retira d'elle avec une insurmontable aversion. La pauvre Wenceslawa voyait dans cette jeune fille le fléau et la destruction de son neveu. Elle avait eu horreur du projet de leur mariage dans les premiers temps, et s'y était opposée de tout son pouvoir ; et puis, quand elle avait vu que, malgré l'absence, il était impossible d'y faire renoncer Albert, que sa santé, sa raison et sa vie en dépendaient, elle l'avait souhaité et hâté avec autant d'ardeur qu'elle y avait porté d'abord d'effroi et de répulsion. Le refus du Porpora, la

passion exclusive qu'il n'avait pas craint d'attribuer à Consuelo pour le théâtre, enfin tous les
officieux et funestes mensonges dont il avait
rempli plusieurs lettres au comte Christian, sans
jamais faire mention de celles que Consuelo
avait écrites et qu'il avait supprimées, avaient
causé au vieillard la plus vive douleur, à la chanoinesse la plus amère indignation. Elle avait
pris Consuelo en haine et en mépris, lui pouvant pardonner, disait-elle, d'avoir égaré la raison d'Albert par ce fatal amour, mais ne pouvant l'absoudre de l'avoir impudemment trahi.
Elle ignorait que le véritable meurtrier d'Albert
était le Porpora. Consuelo, qui comprenait bien
sa pensée, eut pu se justifier; mais elle aima
mieux assumer sur elle tous les reproches, que
d'accuser son maître et de lui faire perdre l'estime et l'affection de la famille. D'ailleurs, elle
devinait de reste que, si, la veille, Wenceslawa
avait pu abjurer toutes ses répugnances et tous

ses ressentiments par un effort d'amour mater-
nel, elle devait les retrouver, maintenant que le
sacrifice avait été inutilement accompli. Chaque
regard de cette pauvre tante semblait lui dire :
« Tu as fait périr notre enfant; tu n'as pas su
lui rendre la vie; et maintenant, il ne nous reste
que la honte de ton alliance. »

Cette muette déclaration de guerre hâta la résolution qu'elle avait déjà prise de consoler, autant que possible, la chanoinesse de ce dernier
malheur. « Puis-je implorer de votre seigneurie,
lui dit-elle avec soumission, de me fixer l'heure
d'un entretien particulier? Je dois partir demain
avant le jour, et je ne puis m'éloigner d'ici sans
vous faire connaître mes respectueuses intentions.

— Vos intentions! je les devine de reste, répondit la chanoinesse avec aigreur. Soyez tranquille, mademoiselle; tout sera en règle, et les
droits que la loi vous donne seront scrupuleusement respectés.

— Je vois qu'au contraire vous ne me com-
prenez nullement, madame, reprit Consuelo ;
il me tarde donc beaucoup...

— Eh bien, puisqu'il faut que je boive encore
ce calice, dit la chanoinesse en se levant, que ce
soit donc tout de suite, pendant que je m'en
sens encore le courage. Suivez-moi, signora.
Mon frère aîné paraît sommeiller en ce moment.
M. Supperville, de qui j'ai obtenu encore une
journée de soins pour lui, voudra bien me rem-
placer pour une demi-heure.

Elle sonna, et fit demander le docteur ; puis,
se tournant vers le baron :

— Mon frère, lui dit-elle, vos soins sont inutiles, puisque Christian n'a pas encore recouvré
le sentiment de ses infortunes. Peut-être cela
n'arrivera-t-il point, heureusement pour lui,
malheureusement pour nous ! Peut-être cet ac-
cablement est-il le commencement de la mort.
Je n'ai plus que vous au monde, mon frère ;

soignez votre santé, qui n'est que trop altérée par cette morne inaction où vous voilà tombé. Vous étiez habitué au grand air et à l'exercice : allez faire un tour de promenade, prenez un fusil : le veneur vous suivra avec ses chiens. Je sais bien que cela ne vous distraira pas de votre douleur; mais, au moins, vous en ressentirez un bien physique, j'en suis certaine. Faites-le pour moi, Frédéric : c'est l'ordre du médecin, c'est la prière de votre sœur; ne me refusez pas. C'est la plus grande consolation que vous puissiez me donner en ce moment, puisque la dernière espérance de ma triste vieillesse repose sur vous.

Le baron hésita, et finit par céder. Ses domestiques l'emmenèrent, et il se laissa conduire dehors comme un enfant. Le docteur examina le comte Christian, qui ne donnait aucun signe de sensibilité, bien qu'il répondît à ses questions et parût reconnaître tout le monde d'un air de

douceur et d'indifférence. « La fièvre n'est pas
très forte, dit Supperville bas à la chanoinesse;
si elle n'augmente pas ce soir, ce ne sera peut-
être rien. »

Wenceslawa, un peu rassurée, lui confia la
garde de son frère, et emmena Consuelo dans
un vaste appartement, richement décoré à l'ancienne mode, où cette dernière n'était jamais
entrée. Il y avait un grand lit de parade, dont
les rideaux n'avaient pas été remués depuis plus
de vingt ans. C'était celui où Wanda de Prachatitz, la mère du comte Albert, avait rendu le
dernier soupir; et cette chambre était la sienne.

— C'est ici, dit la chanoinesse d'un air solen-
nel, après avoir fermé la porte, que nous avons
retrouvé Albert, il y a aujourd'hui trente-deux
jours, après une disparition qui en avait duré
quinze. Depuis ce moment-là, il n'y est plus entré; il n'a plus quitté le fauteuil où il est mort
hier au soir.

Les sèches paroles de ce bulletion nécrologi-
que furent articulées d'un ton amer, qui enfonça
autant d'aiguilles dans le cœur de la pauvre Consuelo. La chanoinesse prit ensuite à sa ceinture
son inséparable trousseau de clefs, marcha vers
une grande crédence de chêne sculpté, et en ouvrit les deux battants. Consuelo y vit une montagne de joyaux ternis par le temps, d'une forme
bizarre, antiques pour la plupart, et enrichis de
diamants et de pierres précieuses d'un prix considérable.—Voilà, lui dit la chanoinesse, les bi-
joux de famille que possédait ma belle-sœur,
femme du comte Christian, avant son mariage;
voici, plus loin, ceux de ma grand'mère, dont
mes frères et moi lui avons fait présent; voici,
enfin, ceux que son époux lui avait achetés. Tout
ceci appartenait à son fils Albert, et vous appartient désormais, comme à sa veuve. Emportez-
les, et ne craignez pas que personne ici vous
dispute ces richesses, auxquelles nous ne tenons

point, et dont nous n'avons plus que faire.
Quant aux titres de propriété de l'héritage ma-
ternel de mon neveu, ils seront remis entre vos
mains dans une heure. Tout est en règle, comme
je vous l'ai dit, et quant à ceux de son héritage
paternel, vous n'aurez peut-être pas, hélas!
longtemps à les attendre. Telles étaient les dernières volontés d'Albert. Ma parole lui a semblé
valoir un testament.

— Madame, répondit Consuelo en refermant
la crédence avec un mouvement de dégoût, j'aurais déchiré le testament, et je vous prie de reprendre votre parole. Je n'ai pas plus besoin
que vous de toutes ces richesses. Il me semble
que ma vie serait à jamais souillée par leur pos-
session. Si Albert me les a léguées, c'est sans
doute avec la pensée que, conformément à ses
sentiments et à ses habitudes, je les distribuerais
aux pauvres. Je serais un mauvais dispensateur
de ces nobles aumônes; je n'ai ni l'esprit d'ad-

ministration ni la science nécessaire pour en faire une répartition vraiment utile. C'est à vous, madame, qui joignez à ces qualités une âme chrétienne aussi généreuse que celle d'Albert, qu'il appartient de faire servir cette succession aux œuvres de charité. Je vous cède tous mes droits, s'il est vrai que j'en aie, ce que j'ignore et veux toujours ignorer. Je ne réclame de votre bonté qu'une grâce : celle de ne jamais faire à ma fierté l'outrage de renouveler de pareilles offres. »

La chanoinesse changea de visage. Forcée à l'estime, mais ne pouvant se résoudre à l'admiration, elle essaya d'insister.

— Que voulez-vous donc faire? dit-elle en regardant fixement Consuelo; vous n'avez pas de fortune?

— Je vous demande pardon, Madame, je suis assez riche. J'ai des goûts simples et l'amour du travail.

— Ainsi, vous comptez reprendre... ce que vous appelez votre travail?

— J'y suis forcée, Madame, et par des raisons où ma conscience n'a point à balancer, malgré l'abattement où je me sens plongée.

— Et vous ne voulez pas soutenir autrement votre nouveau rang dans le monde?

— Quel rang, Madame?

— Celui qui convient à la veuve d'Albert.

— Je n'oublierai jamais, Madame, que je suis la veuve du noble Albert, et ma conduite sera digne de l'époux que j'ai perdu.

— Et cependant la comtesse de Rudolstadt va remonter sur les tréteaux!

— Il n'y a point d'autre comtesse de Rudolstadt que vous, madame la chanoinesse, et il n'y en aura jamais d'autre après vous, que la baronne Amélie, votre nièce.

— Est-ce par dérision que vous me parlez d'elle, signora? s'écria la chanoinesse, sur qui le nom d'Amélie parut faire l'effet d'une brûlure.

— Pourquoi cette demande, Madame? reprit Consuelo, avec un étonnement dont la candeur ne pouvait laisser de doute dans l'esprit de Wenceslawa; au nom du ciel, dites-moi pourquoi je n'ai pas vu ici la jeune baronne! Serait-elle morte aussi, mon Dieu?

— Non, dit la chanoinesse avec amertume. Plût au ciel qu'elle le fût! Ne parlons point d'elle, il n'en est pas question.

— Je suis forcée pourtant, Madame, de vous rappeler ce à quoi je n'avais pas encore songé. C'est qu'elle est l'héritière unique et légitime des biens et des titres de votre famille. Voilà ce qui doit mettre votre conscience en repos sur le dépôt qu'Albert vous a confié, puisque les lois ne vous permettent pas d'en disposer en ma faveur.

— Rien ne peut vous ôter vos droits à un

douaire et à un titre que la dernière volonté d'Albert ont mis à votre disposition.

— Rien ne peut donc m'empêcher d'y renoncer, et j'y renonce. Albert savait bien que je ne voulais être ni riche, ni comtesse.

— Mais le monde ne vous autorise pas à y renoncer.

— Le monde, Madame! eh bien! voilà justement ce dont je voulais vous parler. Le monde ne comprendrait pas l'affection d'Albert ni la condescendance de sa famille pour une pauvre fille comme moi. Il en ferait un reproche à sa mémoire et une tache à votre vie. Il m'en ferait à moi un ridicule et peut-être une honte; car, je le répète, le monde ne comprendrait rien à ce qui s'est passé ici entre nous. Le monde doit donc à jamais l'ignorer, Madame, comme vos domestiques l'ignorent; car mon maître et M. le docteur, seuls confidents, seuls témoins étrangers de ce mariage secret, ne l'ont pas encore

divulgué et ne le divulgueront pas. Je vous ré-
ponds du premier, vous pouvez et vous devez
vous assurer de la discrétion de l'autre. Vivez
donc en repos sur ce point, Madame. Il ne tien-
dra qu'à vous d'emporter ce secret dans la tombe,
et jamais, par mon fait, la baronne Amélie ne
soupçonnera que j'ai l'honneur d'être sa cou-
sine. Oubliez donc la dernière heure du comte
Albert ; c'est à moi de m'en souvenir pour le bé-
nir et pour me taire. Vous avez assez de larmes
à répandre sans que j'y ajoute le chagrin et la
mortification de vous rappeler jamais mon existence, en tant que veuve de votre admirable enfant !

— Consuelo ! ma fille ! s'écria la chanoines se
en sanglotant, restez avec nous ! Vous avez une
grande âme et un grand esprit ! Ne nous quittez
plus.

— Ce serait le vœu de ce cœur qui vous est
tout dévoué, répondit Consuelo en recevant

ses caresses avec effusion; mais je ne le pourrais
pas sans que notre secret fût trahi ou deviné, ce
qui revient au même, et je sais que l'honneur de
la famille vous est plus cher que la vie. Laissez-
moi, en m'arrachant de vos bras sans retard et
sans hésitation, vous rendre le seul service qui
soit en mon pouvoir.

Les larmes que versa la chanoinesse à la fin
de cette scène la soulagèrent du poids affreux
qui l'oppressait. C'étaient les premières qu'elle
eût pu verser depuis la mort de son neveu. Elle
accepta les sacrifices de Consuelo, et la confiance
qu'elle accorda à ses résolutions prouva qu'elle
appréciait enfin ce noble caractère. Elle la quitta
pour aller en faire part au chapelain et pour
s'entendre avec Supperville et le Porpora sur la
nécessité de garder à jamais le silence.

CONCLUSION.

Consuelo, se voyant libre, passa la journée à parcourir le château, le jardin et les environs, afin de revoir tous les lieux qui lui rappelaient l'amour d'Albert. Elle se laissa même emporter par sa pieuse ferveur jusqu'au Schreckenstein, et s'assit sur la pierre, dans ce désert affreux

qu'Albert avait rempli si longtemps de sa mor-
telle douleur. Elle s'en éloigna bientôt, sentant
son courage défaillir, son imagination se troubler, et croyant entendre un sourd gémisse-
ment partir des entrailles du rocher. Elle n'osa
pas se dire qu'elle l'entendait même distincte-
ment : Albert ni Zdenko n'étaient plus. Cette
illusion ne pouvait donc être que maladive et funeste. Consuelo se hâta de s'y soustraire.

En se rapprochant du château, à la nuit
tombante, elle vit le baron Frédéric qui, peu à
peu, s'était raffermi sur ses jambes et se rani-
mait en exerçant sa passion dominante. Les
chasseurs qui l'accompagnaient faisaient lever
le gibier pour provoquer en lui le désir de l'a-
battre. Il visait encore juste, et ramassait sa
proie en soupirant.

—Celui-ci vivra et se consolera, pensa la
jeune veuve.

La chanoinesse soupa, ou feignit de souper,

dans la chambre de son frère. Le chapelain, qui
s'était levé pour aller prier dans la chapelle auprès du défunt, essaya de se mettre à table.
Mais il avait la fièvre, et, dès les premières
bouchées, il se trouva mal. Le docteur en eut un
peu de dépit. Il avait faim, et, forcé de laisser
refroidir sa soupe pour le conduire à sa chambre, il ne put retenir cette exclamation : Voilà
des gens sans force et sans courage! Il n'y a ici
que deux hommes : c'est la chanoinesse et la
signora!

Il revint bientôt, résolu à ne pas se tourmen-
ter beaucoup de l'indisposition du pauvre prêtre, et fit, ainsi que le baron, assez bon accueil
au souper. Le Porpora, vivement affecté, quoiqu'il ne le montrât pas, ne put desserrer les
dents ni pour parler ni pour manger. Consuelo
ne songea qu'au dernier repas qu'elle avait fait à
cette table entre Albert et Anzoleto.

Elle fit ensuite avec son maître les apprêts de

son départ. Les chevaux étaient demandés pour
quatre heures du matin. Le Porpora ne voulait
pas se coucher; mais il céda aux remontrances
et aux prières de sa fille adoptive, qui craignait
de le voir tomber malade à son tour, et qui,
pour le convaincre, lui fit croire qu'elle allait
dormir aussi.

Avant de se séparer, on se rendit auprès du
comte Christian. Il dormait paisiblement, et
Supperville, qui brûlait de quitter cette triste
demeure, assura qu'il n'avait plus de fièvre.

— Cela est-il bien certain, monsieur ? lui demanda en particulier Consuelo, effrayée de sa
précipitation. — Je vous le jure, répondit-il. Il
est sauvé pour cette fois ; mais je dois vous
avertir qu'il n'en a pas pour bien longtemps. A
cet âge, on ne sent pas le chagrin bien vivemen
dans le moment de la crise; mais l'ennui de l'i-
solement vous achève un peu plus tard; c'est
reculer pour mieux sauter. Ainsi, tenez-vous

sur vos gardes ; car ce n'est pas sérieusement,
j'imagine, que vous avez renoncé à vos droits.

— C'est très sérieusement, je vous assure,
Monsieur, dit Consuelo ; et je suis étonnée que
vous ne puissiez croire à une chose aussi simple.

— Vous me permettrez d'en douter jusqu'à
la mort de votre beau-père, Madame. En attendant, vous avez fait une grande faute de ne pas
vous munir des pierreries et des titres. N'im-
porte, vous avez vos raisons, que je ne pénètre
pas, et je pense qu'une personne aussi calme
que vous n'agit pas à la légère. J'ai donné ma
parole d'honneur de garder le secret de la famille, et je vais attendre que vous m'en déga-
giez. Mon témoignage vous sera utile en temps
et lieu ; vous pouvez y compter. Vous me re-
trouverez toujours à Bareith, si Dieu me prête
vie, et, dans cette espérance, je vous baise les
mains, madame la comtesse.

Supperville prit congé de la chanoinesse, répondit de la vie du malade, écrivit une dernière
ordonnance, reçut une grosse somme qui lui
sembla légère au prix de ce qu'il avait espéré
tirer de Consuelo pour avoir servi ses intérêts,
et quitta le château à dix heures du soir, laissant cette dernière stupéfaite et indignée de son
matérialisme.

Le baron alla se coucher beaucoup mieux
portant que la veille, et la chanoinesse se fit
dresser un lit auprès de Christian. Deux femmes veillèrent dans cette chambre, deux hommes dans celle du chapelain, et le vieux Hanz
auprès du baron. « Heureusement, pensa Consuelo, la misère n'ajoute pas les privations et
l'isolement à leur infortune. Mais qui donc veille
Albert, durant cette nuit lugubre qu'il passe
sous les voûtes de la chapelle? Ce sera moi,
puisque voilà ma seconde et dernière nuit de
noces! »

Elle attendit que tout fût silencieux et désert dans le château; après quoi, quand minuit eut sonné, elle alluma une petite lampe et se rendit à la chapelle.

Elle trouva au bout du cloître qui y conduisait deux serviteurs de la maison, que son approche effraya d'abord, et qui ensuite lui avouèrent pourquoi ils étaient là. On les avait chargés de veiller leur quart de nuit auprès du corps de M. le comte; mais la peur les avait empêchés d'y rester, et ils préféraient veiller et prier à la porte.

— Quelle peur? demanda Consuelo, blessée de voir qu'un maître si généreux n'inspirait déjà plus d'autres sentiments à ses serviteurs.

— Que voulez-vous, signora? répondit un de ces hommes qui étaient loin de voir en elle la veuve du comte Albert; notre jeune seigneur avait des pratiques et des connaissances singu-

lières dans le monde des esprits. Il conversait
avec les morts, il découvrait les choses cachées ;
il n'allait jamais à l'église, il mangeait avec les
zingaris ; enfin on ne sait ce qui peut arriver à
ceux qui passeront cette nuit dans la chapelle.

irait de la vie que nous n'y resterions pas.
Voyez Cynabre ! on ne le laisse pas entrer dans
le saint lieu, et il a passé toute la journée couché en travers de la porte, sans manger, sans
remuer, sans pleurer. Il sait bien que son
maître est là, et qu'il est mort. Aussi ne l'a-t-il
pas appelé une seule fois. Mais depuis que minuit a sonné, le voilà qui s'agite, qui flaire, qui
gratte à la porte, et qui gémit comme s'il sentait que son maître n'est plus seul et tranquille
là dedans.

— Vous êtes de pauvres fous ! répondit Consuelo avec indignation. Si vous aviez le cœur un
peu plus chaud, vous n'auriez pas l'esprit si
faible. » Et elle entra dans la chapelle, à la

grande surprise et à la grande consternation des timides gardiens.

Elle n'avait pas voulu revoir Albert dans la journée. Elle le savait entouré de tout l'appareil catholique, et elle eut craint, en se joignant extérieurement à ces pratiques, qu'il avait toujours repoussées, d'irriter son âme toujours vivante dans la sienne. Elle avait attendu ce moment ; et, préparée à l'aspect lugubre dont le culte l'avait entouré, elle approcha de son catafalque et le contempla sans terreur. Elle eut cru outrager cette dépouille chère et sacrée par un sentiment qui serait si cruel aux morts s'ils le voyaient. Et qui nous assure que leur esprit, détaché de leur cadavre, ne le voie pas et n'en ressente pas une amère douleur ? La peur des morts est une abominable faiblesse ; c'est la plus commune et la plus barbare des profanations. Les mères ne la connaissent pas.

Albert était couché sur un lit de brocard,

écussonné par les quatre coins aux armes de la
famille. Sa tête reposait sur un coussin de ve-
lours noir semé de larmes d'argent, et un lin-
ceul pareil était drapé autour de lui en guise de
rideaux. Une triple rangée de cierges éclairait
son pâle visage, qui était resté si calme, si pur
et si mâle qu'on eût dit qu'il dormait paisiblement. On avait revêtu le dernier des Rudolstadt,
suivant un usage en vigueur dans cette famille,
de l'antique costume de ses pères. Il avait la
couronne de comte sur la tête, l'épée au flanc,
l'écu sous les pieds, et le crucifix sur la poitrine.
Avec ses longs cheveux et sa barbe noire, il
était tout semblable aux anciens preux dont les
statues étendues sur leurs tombes gisaient autour de lui. Le pavé était semé de fleurs, et des
parfums brûlaient lentement dans des casso-
lettes de vermeil, aux quatre angles de sa cou-
che mortuaire.

Pendant trois heures Consuelo pria pour son

époux et le contempla dans son sublime repos.
La mort, en répandant une teinte plus morne
sur ses traits, les avait si peu altérés, que plusieurs
fois elle oublia, en admirant sa beauté, qu'il
avait cessé de vivre. Elle s'imagina même entendre le bruit de sa respiration, et lorsqu'elle
s'en éloignait un instant pour entretenir le par-
fum des réchauds et la flamme des cierges, il
lui semblait qu'elle entendait de faibles frôle-
ments et qu'elle apercevait de légères ondula-
tions dans les rideaux et dans les draperies. Elle
se rapprochait de lui aussitôt, et interrogeant sa
bouche glacée, son cœur éteint, elle renonçait
à des espérances fugitives, insensées.

Quand l'horloge sonna trois heures, Consuelo
se leva et déposa sur les lèvres de son époux son
premier, son dernier baiser d'amour. — Adieu,
Albert, lui dit-elle à voix haute, emportée par
une religieuse exaltation; tu lis maintenant sans
incertitude dans mon cœur. Il n'y a plus de nua-

ges entre nous, et tu sais combien je t'aime. Tu
sais que si j'abandonne ta dépouille sacrée aux
soins d'une famille qui demain reviendra te contempler sans faiblesse, je n'abandonne pas pour
cela ton immortel souvenir et la pensée de ton
indestructible amour. Tu sais que ce n'est pas
une veuve oublieuse, mais une épouse fidèle
qui s'éloigne de ta demeure, et qu'elle t'emporte
à jamais dans son âme. Adieu, Albert! tu l'as
dit, la mort passe entre nous, et ne nous sépare
en apparence que pour nous réunir dans l'éter-
nité. Fidèle à la foi que tu m'as enseignée, certaine que tu as mérité l'amour et la bénédiction
de ton Dieu, je ne te pleure pas, et rien ne te
présentera à ma pensée sous l'image fausse et
impie de la mort. Il n'y a pas de mort, Albert,
tu avais raison; je le sens dans mon cœur, puisque je t'aime plus que jamais.

Comme Consuelo achevait ces paroles, les rideaux qui retombaient fermés derrière le cata-

falque s'agitèrent sensiblement, et s'entr'ou-
vrant tout à coup, offrirent à ses regards, la figure pâle de Zdenko. Elle en fut effrayée d'abord,
habituée qu'elle était à le regarder comme son
plus mortel ennemi. Mais il avait une expression
de douceur dans les yeux, et, lui tendant par-
dessus le lit mortuaire une main rude, qu'elle
n'hésita pas à serrer dans la sienne : — Faisons
là paix sur son lit de repos, ma pauvre fille, lui
dit-il en souriant. Tu es une bonne fille de Dieu,
et Albert est content de toi. Va, il est heureux
dans ce moment-ci, il dort si bien, le bon Albert! Je lui ai pardonné, tu le vois! Je suis revenu le voir quand j'ai appris qu'il dormait; à
présent je ne le quitterai plus. Je l'emmènerai demain dans la grotte, et nous parlerons encore de
Consuelo, *Consuelo de mi alma!* Va te reposer,
ma fille; Albert n'est pas seul. Zdenko est là,
toujours là. Il n'a besoin de rien. Il est si bien
avec son ami! Le malheur est conjuré, le mal

est détruit ; la mort est vaincue. Le jour trois
fois heureux s'est levé. *Que celui à qui on a fait
tort te salue !*

Consuelo ne put supporter davantage la joie
enfantine de ce pauvre fou. Elle lui fit de ten-
dres adieux ; et quand elle rouvrit la porte de la
chapelle, elle laissa Cynabre se précipiter vers
son ancien ami, qu'il n'avait pas cessé de flairer
et d'appeler. — Pauvre Cynabre ! viens ; je te
cacherai là sous le lit de ton maître, dit Zdenko
en le caressant avec la même tendresse que si
c'eût été son enfant. Viens, viens, mon Cynabre !
nous voilà réunis tous les trois, nous ne nous
quitterons plus !

Consuelo alla réveiller le Porpora. Elle entra
ensuite sur la pointe du pied dans la chambre
de Christian, et passa entre son lit et celui de la
chanoinesse. — C'est vous ? ma fille, dit le vieillard sans montrer aucune surprise : je suis bien
heureux de vous voir. Ne réveillez pas ma sœur

qui dort bien, grâce à Dieu ! et allez en faire autant ; je suis tout à fait tranquille. Mon fils est
sauvé, et je serai bientôt guéri.

Consuelo baissa ses cheveux blancs , ses
mains ridées, et lui cacha des larmes qui eussent
peut-être ébranlé son illusion. Elle n'osa embrasser la chanoinesse, qui reposait enfin pour
la première fois depuis trente nuits. Dieu a mis
un terme dans la douleur, pensa-t-elle ; c'est son
excès même. Puissent ces infortunés rester
longtemps sous le poids salutaire de la fatigue !

Une demi-heure après, Consuelo, dont le
cœur s'était brisé en quittant ces nobles vieillards,
franchit avec le Porpora la herse du château des
Géants, sans se rappeler que ce manoir formidable, où tant de fossés et de grilles enfermaient
tant de richesses et de souffrances, était devenu
la propriété de la comtesse de Rudolstadt.

Nota. Ceux de nos lecteurs qui se sont par

trop fatigués à suivre Consuelo parmi tant de
périls et d'aventures peuvent maintenant se reposer. Ceux, moins nombreux sans doute, qui
se sentent encore quelque courage, apprendront
dans un prochain roman, la suite de ses péré-
grinations, et ce qui advint du comte Albert
après sa mort.

JEAN ZISKA

Épisode de la guerre des Hussites.

L'histoire de la Bohême est peu répandue chez nous. Pour en faire une étude particulière il faudrait savoir le bohême et le latin. Or, ne sachant pas mieux l'un que l'autre, je me vois forcé d'extraire d'un gros livre, estimable autant qu'indigeste, quelques pages sur la guerre des

Hussites, comme explications, comme *pièces à l'appui* (c'est ainsi qu'on dit, je crois), enfin comme documents à consulter entre les deux séries principales d'aventures que j'ai entreprises de raconter sous le titre de *Consuelo*. En parcourant la Bohême à la piste de mon héroïne, j'avais été frappé du souvenir des antiques prouesses de Jean Ziska et de ses compagnons. Je pris alors quelques notes; et ce sont ces notes que je publie maintenant, avec prière aux lecteurs de ne prendre ceci ni pour un roman ni pour une histoire, mais pour le simple récit de faits véritables dont j'ai cherché le sens et la portée, dans mon sentiment plus que dans les ténèbres de l'érudition. Les personnes qui s'adonnent à la lecture du roman ne se piquent pas, en général, d'un plus grand savoir que celles qui l'écrivent. Il est donc arrivé que plusieurs dames m'ont demandé ingénument où le comte Albert de Rudolstadt avait été pêcher Jean Ziska; ce que Jean Ziska venait faire dans mon roman, sur la scène du dix-huitième siècle ; enfin si Jean Ziska était une fiction ou une figure historique. Bien loin de dédaigner cette sainte ignorance, je suis charmé de pouvoir faire part à mes patientes lectrices du peu que j'ai lu sur cette matière, et de l'enrichir de quelques contradictions que je me suis permis de puiser à meilleure source ; oserai-je dire quelquefois sous mon bonnet? Pourquoi non? J'ai toujours eu la persuasion qu'un savant sec ne valait pas un écolier qui sent parler dans son cœur la conscience des faits humains.

Mon récit commence à la fin de ce fameux et scandaleux concile de Constance, où les bûchers de Jean Huss et de Jérôme de Prague vinrent apporter un peu de distraction aux ennuis des vénérables pères et des prélats qui siégaient dans la docte assemblée. On sait qu'il s'agissait d'avoir un pape au lieu de deux qui se disputaient fort scandaleusement l'empire du monde spirituel. On réussit à en avoir trois. La discussion fut longue, fastidieuse. Les riches abbés et les majestueux évêques avaient bien là leurs maitresses; Constance était devenu le ren- dez-vous des plus belles et des plus opu- lentes courtisannes de l'univers; mais que vou- lez-vous ? On se lasse de tout. L'Église de ce temps-là n'était pas née pour la volupté seule- ment; elle sentait ses appétits de domination singulièrement méconnus chez les nations re- muantes et troublées : le besoin d'un peu de vengeance se faisait naturellement sentir. Le grand théologien Jean Gerson était venu là de la part de l'Université de Paris pour réclamer la condamnation d'un de ses confrères, le docteur Jean Petit, lequel avait fait, peu d'années aupa- ravant, l'apologie de l'assassinat du duc d'Or- léans, sous la forme d'une thèse en faveur du *tyrannicide*. Jean Petit était la créature du

meurtrier Jean-sans-Peur, duc de Bourgogne.
Jean Gerson, quoique dévoué aux d'Orléans,
était animé d'un sentiment plus noble en apparence. Il avait à cœur de défendre l'honneur de
l'Université, et de flétrir les doctrines impies de
l'avocat sanguinaire. Il n'obtint pas justice ; et
voulant assouvir son indignation sur quelqu'un,
il s'acharna à la condamnation de Jean Huss, le
docteur de l'Université de Prague, le théologien
de la Bohême, le représentant des libertés religieuses que cette nation revendiquait depuis des
siècles.

A coup sûr, ce fut une étrange manière de
prouver l'horreur du sang répandu que d'envoyer aux flammes un homme de bien pour une
dissidence d'opinion * ; mais telle était la morale

---

* Soit dégoût des affaires, soit remords de conscience,
Jean Gerson alla finir ses jours dans un couvent où il écri-
vit l'*Imitation de Jésus-Christ*, et plus tard la défense de
Jeanne d'Arc. Voyez à cet égard l'excellente *Histoire de
France* de M. Henri Martin.

de ces temps; et il faut bien, sans trop d'épouvante, contempler courageusement le spectacle
des terribles maladies au milieu desquelles se
développait la virilité de l'intelligence, retenue
encore dans les liens d'une adolescence fougueuse et aveugle. Sans cela nous ne compren-
drons rien à l'histoire, et dès la première page
nous fermerons ce livre écrit avec du sang.
Ainsi, mes chères lectrices, point de faiblesse,
et acceptez bien ceci avant de regarder la sinistre figure de Jean Ziska : c'est qu'au quinzième
siècle, pour ne parler que de celui-là, rois, papes, évêques et princes, peuple et soldats, ba-
rons et vilains, tous versaient le sang comme
aujourd'hui nous versons l'encre. Les nations
les plus civilisées de l'Europe offraient un vaste
champ de carnage, et la vie d'un homme pesait
si peu dans la main de son semblable, que ce
n'était pas la peine d'en parler.

Est-ce à dire que le sentiment du vrai, la no-

tion du juste fussent inconnus aux hommes de
ce temps ? Hélas ! quand on regarde l'ensemble,
on est prêt à dire que oui ; mais quand on examine mieux les détails, on retrouve bien dans
cette divine création qu'on appelle l'humanité,
l'effort constant de la vérité contre le mensonge,
du juste contre l'injuste. Les crimes, quoique
innombrables, ne passent pas inaperçus. Les
contemporains qui nous en ont transmis le récit
lugubre en gémissent avec partialité, il est vrai,
mais avec énergie. Chacun pleure ses partisans
et ses amis, chacun maudit et réprouve les for-
faits d'autrui ; mais chacun se venge, et le droit
des représailles semble être un droit sacré chez
ces farouches chrétiens qui ne croient pas au
bienfait terrestre de la miséricorde. On discute
ardemment la justice des causes, on n'examine
jamais celle des moyens ; cette dernière notion
ne semble pas être éclose. La philosophie que
le dix-huitième siècle a prêchée sous le nom de

tolérance a été le premier étendard levé sur le
monde pour guider vers la charité chrétienne
les esprits du catholicisme. Jusque-là le catholicisme prêche avec le bourreau à sa droite et le
confesseur à sa gauche, et alors même que la tolérance s'efforce de lui faire congédier le tour-
menteur, le catholicisme résiste, menace, ana-
thématise, brûle les écrits de Jean-Jacques
Rousseau, traite Voltaire d'Antechrist, et fait
une scission éclatante, éternelle peut-être avec
la philosophie.

Ainsi donc, au quinzième siècle, la guerre,
partout la guerre. La guerre est le développement inévitable de l'unité sociale et de l'éducation religieuse. Sans la guerre, point de nationalité, point de lumière intellectuelle, pas une
seule question qui puisse sortir des ténèbres.
Pour échapper à la barbarie, il faut que notre
race lutte avec tous les moyens de la barbarie.
Le combat ou la mort, la lutte sanguinaire ou

le néant; c'est ainsi que la question est invinci-
blement posée. Acceptez-la, où vous ne trouvez
dans l'histoire de l'humanité qu'une nuit profonde, dans l'œuvre de la Providence que ca-
price et mensonge.

Il me fallait insister sur cette vérité, devenue
banale, avant de vous introduire sur l'arène fu-
mante de la Bohême. Si je vous y faisais entrer
d'emblée, lectrice délicate, épouvantée de heur-
ter à chaque pas des monceaux de ruines et de
cadavres, vous penseriez peut-être que la Bohême était alors une nation plus barbare que les
autres; je dois donc, au préalable, vous prier,
Madame, de jeter un coup d'œil sur notre belle
France, et de voir ce qu'elle était à cette époque,
c'est-à-dire durant les dernières années de l'infortuné Charles VI. D'un côté les Armagnacs
ravageant les campagnes jusqu'aux portes de
Paris, pillant et massacrant sans merci leurs
compatriotes; un sire de Vauru pendant au

chêne de Meaux une cinquantaine de pièces de
gibier humain qu'on y voyait *brandiller* tous les
matins *; un dauphin de France assassinant son
parent en trahison sur le pont de Montereau,
emprisonnant sa mère, abandonnant son père
idiot à tous les maux de sa condition et à tous les
dangers de son ineptie : de l'autre, un duc de
Bourgogne, assassin de son proche parent, faisant justice de ses ennemis dans Paris, à l'aide
du bourreau Capeluche, des bouchers et des
écorcheurs; chaque parti vendant à son tour sa
patrie à l'Angleterre; l'Anglais aux portes de
Paris; dans Paris la famine, la peste, l'anarchie,
le découragement, les vengeances inutiles et féroces, les prisonniers mourant de faim dans les
cachots ou égorgés par centaines au Châtelet;
la Seine encombrée de sacs de cuirs remplis de
cadavres; une reine obèse plongée dans la débauche, chaque membre de la famille royale vo-

*Voy. Henri Martin.

lant les trésors de la couronne, dévastant les
églises, écrasant le peuple d'impôts; celui-ci faisant fondre la châsse de Saint-Louis pour payer
une orgie, celui-là arrachant aux misérables leur
dernière obole pour une campagne contre l'ennemi qu'il n'ose pas seulement songer à entre-
prendre : les bandes de soldats mercenaires réclamant en vain leur paye, et recevant pour dé-
dommagement la permission de mettre le pays
à feu et à sang : et le jour des funérailles de
Charles VI, où il ne restait pas un seul de ces
princes pour accompagner son cercueil, le duc
de Bedfort, criant sur cette tombe maudite :
« Vive le roi de France et d'Angleterre,
Henri VI! »

Eh bien, pendant cette agonie de la France,
la Bohême présentait un spectacle non moins
terrible, mais héroïque et grandiose. Une poignée de fanatiques invincibles repoussait les immenses armées de la Germanie; les massacres

et les incendies seryaient du moins à tenter un grand coup, une œuvre patriotique; et si la Bohême finit par succomber, ce fut avec autant de gloire que *ces vaillantes gens* de Gand, dont l'histoire est quasi contemporaine.

Wenceslas de Luxembourg régnait en Bohême. La France avait vu ce monarque grossier lorsqu'il était venu conférer à Reims avec les princes du saint-empire et les princes français pour l'exclusion de l'antipape Boniface. « Les mœurs bassement crapuleuses de Wenceslas

choquèrent fort la cour de France, qui mettait
au moins de l'élégance dans le libertinage :
l'empereur était ivre dès le matin quand on allait le chercher pour les conférences *. » A l'é-
poque du concile de Constance et du supplice
de Jean Huss, il y avait quinze ans que Wenceslas n'était plus empereur. Son frère Sigismond avait réussi à le faire déposer par les électeurs du saint-empire, dans l'espérance de lui
succéder; mais il fut déçu dans son ambition, et
la diète choisit Rupert, électeur palatin, entre
plusieurs concurrents, dont l'un fut assassiné par
les autres. Cette élection ne fut pas généralement
approuvée. Aix-la-Chapelle refusa de conférer
à Rupert le titre de *roi des Romains*; plusieurs
autres villes du saint-empire reculèrent devant
la violation du serment qu'elles avaient prêté au
successeur légitime de Charles IV**. Une partie

* Henri Martin.
** Mort en 1378.

des domaines impériaux paya les subsides à
Wenceslas, l'autre à Rupert. Sigismond brocha
sur le tout, inonda la Bohême de ses garnisons
et la désola de ses brigandages, s'arrogeant la
souveraineté effective en attendant mieux, per-
sécutant son frère dans l'intérieur de son royaume, soulevant la nation contre lui, et s'efforçant
d'user les derniers ressorts de cette volonté déjà
morte. Ainsi rien ne ressemblait plus à la papauté que l'Empire, puisqu'on vit vers le même
temps trois papes se disputer la tiare, et trois
empereurs s'arracher le sceptre des mains. Et
l'on peut dire aussi que rien ne ressemblait plus
à la France que la Bohême. A l'une un roi fainéant, poltron, ivrogne, abruti; à l'autre un
pauvre aliéné, moins odieux et aussi impuissant.
A la France, les dissensions des Armagnacs et
des Bourgognes, et la fureur du peuple entre
deux. A la Bohême, les ravages de Sigismond,
la résistance à la fois molle et cruelle de la cour,

et la voix du peuple, au nom de Jean Huss, pré-
cipitant l'orage. Mais là fut grande cette voix du
peuple, que trop de malheurs et de divisions étouf-
faient chez nous sous le bâillon de l'étranger.

Wenceslas s'était rendu odieux dès le principe par ses mœurs brutales et son inaction. En
1384, quelques seigneurs s'étant déclarés ouvertement contre lui, il appela des consuls allemands, à l'exclusion de ceux du pays, pour
maintenir ses sujets dans l'obéissance, et fit périr les mécontents sur la place publique. La
fière nation bohême ne put souffrir cet outrage,
et ne lui pardonna jamais d'avoir appelé des
étrangers à son aide pour décimer sa noblesse.
Ce fut le principal prétexte allégué dans le sou-
lèvement qui éclata par la suite, et où Jean
Huss, au nom de l'Université de Prague, eut
beaucoup de part. On lui reprocha encore amè-
rement le meurtre de Jean de Népomuck, ce
vénérable docteur, qu'il avait fait jeter dans la

Moldaw pour n'avoir pas voulu lui révéler la confession de sa femme. Enfin la mort de cette pieuse et douce Jeanne fut imputée à ses mauvais traitements. Tour à tour spoliateur des biens de son clergé et persécuteur des hérétiques, accusé par les orthodoxes d'avoir laissé couver et éclore l'hérésie hussite, par les réformateurs d'avoir abandonné Jean Huss aux fureurs du concile et maltraité ses disciples, il ne trouva de sympathie nulle part, parce qu'il n'avait jamais éprouvé de sympathie pour personne. Sigismond aida les mécontents à lui faire un mauvais parti, et un beau matin, en 1393, l'empereur Wenceslas fut mis aux arrêts dans la maison de ville, ni plus ni moins qu'un ivrogne ramassé par la patrouille. Il s'en échappa tout nu dans un bateau, où une femme du peuple le recueillit, à telles enseignes qu'il en fit, dit-on, sa femme. Cependant Sigismond levant le masque, fondait sur la Bohême. Les Bohémiens relevèrent leur

fantôme de roi pour tenir l'usurpateur en respect et le repousser. Wenceslas n'en fut pas
plus sage, et se mit en besogne de vendre son
royaume pour boire. Il commença par la Lom-
bardie, qui était un fief de l'Empire et qu'il
donna à Jean Galéas Visconti pour 150,000
écus d'or. Il avait déjà perdu les villes, forts et
châteaux de la Bavière, que Rupert, l'électeur
palatin, lui avait enlevés ; si bien que, traduit
au ban de l'Empire, déclaré relaps, haï des
siens, méprisé de tous, déposé le lendemain de
son nouveau mariage avec Sophie de Bavière, il
se trouva, en 1400, réduit à sa petite Bohême.
Pour un prince juste, aimé de son peuple, c'eut
été pourtant une forteresse inexpugnable. La
division et le morcellement des plus grandes
puissances spirituelles et temporelles prouvait
bien alors qu'il n'y avait plus de force que dans
le sentiment national de quelques races chevale-
resques. Mais Wenceslas ne savait et ne pou-

vait s'appuyer sur rien. En 1401, « revenu à
son mauvais naturel, » il fut pris par les grands
et enfermé dans la tour noire du palais de Prague. Transféré dans diverses forteresses, il alla
passer un an en captivité à Vienne, d'où il s'é-
chappa encore dans un bateau. La Bohême l'ac-
cueillit encore, parce que Sigismond désolait le
pays avec une armée de Hongrois. « Ils y firent
« des désordres inexprimables, tuant et violant
« partout où ils passaient. Ils enlevaient, sur
« leurs selles, de jeunes garçons et de jeunes
« filles, et les vendaient *comme des chevreuils*.
« Sigismond ne se montra pas moins cruel que
« ses gens; ne pouvant venir à bout de prendre
« un fort qu'il avait assiégé, il en tira sous de
« belles promesses, le jeune Procope, marquis
« de Moravie, prince du sang, et le fit attacher
« à une machine de guerre qui était devant la
« muraille, afin que les assiégés fussent con-
« traints de tuer leur maître à coups de flèches. »

Cet infortuné ayant survécu à ses blessures, Sigismond le fit conduire à Brauna et l'y laissa
mourir de faim.

Wenceslas n'eut qu'à se montrer aux intrépides bohémiens pour que Sigismond fut repoussé; mais plusieurs des principales places
fortes de la Bohême, restèrent entre ses mains,
et l'on peut dire que jusqu'à la guerre des Hussites, cette nation gouvernée par un fantôme,
et surveillée par un ennemi intérieur, fit l'ap-
prentissage du gouvernement républicain qu'elle
rêvait depuis longtemps et qu'elle allait essayer
de mettre en pratique. Pendant cette sorte d'interrègne, qui dura encore une quinzaine d'années, si l'anarchie gagna les institutions et pa-
ralysa les moyens de développement matériel,
il se fit en revanche un grand travail de recom-
position dans les idées religieuses et sociales.
L'esprit réformateur, qui, sous divers noms et
sous diverses formes, fermentait en France, en

Hollande, en Angleterre, en Italie et en Allemagne depuis plusieurs siècles, commença à asseoir son siége en Bohême, et à préparer ces
grandes luttes que hâtaient l'établissement et
l'exercice de l'inquisition. Quelques souvenirs
historiques sont indispensables ici pour faire
comprendre la courte mission de Jean Huss
(de 1407 à 1415), l'influence prodigieuse que
dans l'espace de ces sept années il exerça sur son
pays, enfin le retentissement inouï de son martyre, que les quatorze sanglantes années de la
guerre hussite firent si cruellement expier au
parti catholique.

La race slave des Tchèques, que nous appelons à tort les Bohémiens *, avait conservé des

---

*. C'est à peu près comme si les étrangers, au lieu de
nous confirmer notre glorieux nom de *Francs*, s'obsti-
naient à nous appeler *Celtes*. Les Boïens furent expulsés de
la contrée à laquelle ils ont laissé le nom de Bohême 500
ans avant notre ère, et les Tchèques sont une toute autre
race.

institutions sorties de son propre esprit, et n'a-
vait subi aucun joug étranger depuis le temps
de sa reine Libussa, jusqu'après celui de Wenceslas V, au commencement du quatorzième
siècle. La dynastie des Przemysl ducs de Bohême, avait donc duré six siècles. Le premier
des Przemysl, tige de cette race illustre, fut, dit-
on, un simple laboureur, que la reine Libussa
tira de la charrue (comme Rome en avait tiré
Cincinnatus), pour en faire son époux et le chef
de son peuple. La légende naïve et touchante
de l'antique Bohême rapporte qu'elle lui fit conserver ses gros souliers de paysan, et qu'il les
légua au fils qui lui succédait, afin qu'il n'ou-
bliât point sa rustique origine et les devoirs
qu'elle lui imposait*. Wladislas II fut le second
de ses descendants qui porta le titre de roi. Ce
titre lui fut conféré par Frédéric Barberousse.

* Cette tradition du paysan-roi se retrouve chez tous les
peuples slaves.

Mais il semble que ce fut pour cette race le
signal de la fatalité. L'esprit conquérant qui
s'emparait des souverains de la Bohême devait,
suivant la loi éternelle, détruire la nationalité
de leur domination. Przemysl-Ottokar II posséda, avec la Bohême, l'Autriche, la Carniole, l'Istrie, la Styrie, une partie de la Carynthie, et jusqu'à un port de mer, ce qui, pour le dire en
passant, pourrait bien purger la mémoire de
Shakspeare d'une grosse faute de géographie *.
Il fit la guerre aux payens de Prusse, leur dicta
des lois, bâtit Kœnigsberg, prit sous sa protection Vérone, Feltre et Trévise, et refusa par excès d'orgueil, dit-on, plus que par modestie, la
couronne impériale, qui échut à Rodolphe de
Habsbourg, lequel le dépouilla d'une partie de

* On sait que dans un de ses drames à époques incertaines il fait aborder sur un navire un de ses personnages en
Bohême. Ce pouvait être le port de Naon qu'acheta le roi
Ottokar, et qui posa fastueusement la limite de son empire
au rivage de l'Adriatique.

ses domaines. Après lui Wenceslas IV, fut élu
roi de Pologne. Wenceslas V, qui réunit la
Hongrie à ces possessions, se perdit dans la débauche, fut assassiné à Olmutz et termina la dynastie nationale. Cinq ans après, Jean de Luxembourg montait sur le trône de Bohême, et
l'influence allemande commençait à irriter les Bohémiens, livrés pour la première fois depuis tant
de siècles à une main étrangère. Jean, politique
habile et ambitieux, comprit son rôle, renvoya
les fonctionnaires allemands et promena sa noblesse dans des guerres à l'étranger. Il finit par
se promener lui-même hors de la contrée, sous
prétexte de maladie, mais en effet pour laisser
aux Bohémiens le temps de s'habituer sans trop
d'amertume à sa domination. Il fit plusieurs
voyages en France, fréquenta les papes d'Avi-
gnon, et tout en respirant l'air salubre de ces
contrées, revint un beau jour, rapportant de par
un décret de l'autorité pontificale, la couronne

impériale à son fils. Ce fils fut Charles IV, premier roi de Bohême empereur. Ses grands travaux donnèrent à cette contrée un lustre qu'elle n'avait pas encore eu. Il bâtit la nouvelle ville de Prague, composa le code des lois, fonda le collège de Carlstein, et tenta de réunir la Moldaw au Danube. Mais son plus grand œuvre fut la fondation de l'Université de Prague à l'instar de celle de Paris, où il avait étudié. Ce corps savant devint rapidement illustre et enfanta Jean Huss, Jérôme de Prague et plusieurs autres hommes supérieurs ; c'est-à-dire qu'il enfanta le hussitisme, un idéal de république qui devait bientôt faire une rude guerre à la postérité de son fondateur.

Charles IV chérissait tendrement cependant cette Université, sa noble fille. Il y prenait tant de plaisir aux discussions savantes, que lorsqu'on venait l'interrompre pour l'avertir de manger, il répondait, en montrant ses docteurs échauffés à la dispute : « C'est ici mon souper ;

je n'ai pas d'autre faim. » Malgré cette sollicitude paternelle pour l'éducation des Bohémiens,
ceux-ci ne l'aimèrent jamais et lui reprochèrent
de trop s'occuper des intérêts de sa famille. Le
reproche fut peut-être injuste ; mais cette famille avait le tort impardonnable d'être étrangère : on le lui fit bien voir.

Sous Wenceslas l'ivrogne, fils de Charles IV,
l'Université de Prague, forte de sa propre vie,
grandit, se développa, acquit une immense po-
pularité, et produisit Jean Huss, qu'elle envoya,
comme le plus beau fleuron de sa couronne, au
concile de Constance. Les pères du concile ne
lui renvoyèrent même pas ses cendres. L'Université fit faire à la Bohême, dont elle était devenue la tête et le cœur, le serment d'Annibal
contre Rome.

Il ne faudrait pas croire cependant que la
conversion de ce peuple guerrier en un peuple
raisonneur et théologien fût l'affaire de quelques

années et l'œuvre entière de l'Université. Les choses ne se passent pas ainsi dans la vie des nations. Permis aux pères des conciles de dire, dans le style du temps, que le royaume de Bohême, jusque-là fidèlement attaché à la religion, était devenu tout d'un coup l'*égout de toutes les sectes*. Il y avait bien longtemps, au contraire, que la Bohême tournait à l'hérésie, et que le monde civilisé tout entier, *infecté de ce poison*, lui en infiltrait tout doucement le venin.

Si j'écrivais cette histoire pour les hommes graves (comme on dit de tant d'hommes en ce temps-ci où il y a si peu de gravité), je ne pourrais faire moins que de tracer maintenant l'histoire de l'hérésie. Il me faudrait, pour remonter à son berceau, remonter à celui de l'Église ; ce serait un peu long et un peu lourd. Rassurez-vous, mesdames, c'est pour vous que j'écris, et ce que j'ai lu de tout cela, je vous le résumerai en peu de mots, d'autant plus qu'à cet égard

l'*histoire n'existe pas ; l'histoire n'est pas faite.*
Rien de plus obscur et de plus embrouillé que
la certitude de certains faits dans le passé. Peut-
être faudrait-il s'occuper un peu de chercher
celle du fait idéal; si l'on songeait bien aux causes
morales des événements on déterminerait peut-
être d'une manière plus satisfaisante la marche
de ces événements; si l'on mettait un peu plus
de sentiment dans l'étude de l'histoire, je crois
qu'on devinerait beaucoup de choses qu'avec la
seule érudition il sera peut-être à jamais impossible d'affirmer.

Deviner l'histoire de la pensée humaine,
voilà en effet à quoi nous sommes réduits en ce
temps de scepticisme, après tant de siècles d'hypocrisie. Que dis-je? l'hypocrisie et le scepticisme sont de tous les temps, et presque toujours
l'histoire, surtout l'histoire des religions, a été
écrite sous l'une ou l'autre inspiration. L'Église
a écrit l'histoire, c'est elle qui l'a le plus et le

mieux écrite dans le passé : l'Eglise a été forcée
de l'écrire selon ses intérêts, ses ressentiments
et ses terreurs. Les souverains ont fait écrire
l'histoire, et les souverains ont fait comme l'E-
glise. Comme le pouvoir spirituel et le pouvoir
temporel ont été aux prises éternellement, voilà
déjà de grandes contradictions entre les historiens
des deux camps. Puis les philosophes et les hérétiques ont écrit l'histoire : ressentiment et
amertume contre les pouvoirs oppresseurs,
crainte et jalousie entre les diverses sectes et les
diverses philosophies, ignorance et précipitation
de jugement, voilà ce qu'on trouve chez la plupart de ces historiens. Nouvelles contradictions!
où est donc la vérité de l'histoire au milieu de ce
conflit? L'histoire n'existe pas, je vous le jure,
que les pédants en pensent ce qu'ils veulent!

Mais comme la Providence ne fait rien d'inutile, l'humanité, sur laquelle et par laquelle agit
chez nous la Providence, ne fait rien d'inutile

non plus. Le passé a entassé devant nous des montagnes de matériaux, l'avenir en profitera. Le présent s'en effraie et y porte une main timide. Mais vienne le réveil des grands sentiments, vienne un siècle des lumières qui ne sera ni celui de Léon X ni celui de Louis XIV, mais celui de la justice et de la droiture, l'histoire se fera, et nos petits enfants en auront enfin une idée nette et bienfaisante.

Quoi, me direz-vous, nous n'avons pas d'histoire? Et qu'avons-nous donc appris dans nos couvents? — Hélas! mesdames, vous n'y avez appris que l'Evangile, et encore ne l'avez-vous pas compris. Vos filles pourraient commencer à apprendre quelque chose, car on a commencé à faire pour la jeunesse de bons ouvrages comparativement à ceux du passé. Quelques esprits élevés ont jeté de siècle en siècle une certaine clarté progressive sur cet abîme ténébreux. De nos jours de rares intelligences ont indiqué la

route; la notion d'une nouvelle méthode supérieure à l'ancienne s'est répandue et tend à se
populariser, en dépit de l'hypocrisie sceptique
de l'Église et du scepticisme hypocrite de l'université. Mais les seuls beaux travaux que nous
possédions sur l'histoire ne sont encore que des
aperçus de sentiment, des éclairs de divination.
Je vous l'ai dit, nous en sommes à deviner l'histoire, en attendant qu'on nous la fasse et qu'on
nous la donne tout expliquée et toute dévoilée.

Je conviens que certains points principaux
semblent être du moins assez bien dépouillés de
mensonge et d'ignorance pour qu'on puisse en
juger. Si, sur tous les points, la besogne était
assez bien débrouillée, l'ouvrage assez dégrossi,
pour que la raison et le sentiment n'eussent plus
qu'à se prononcer sur la conséquence et la mo-
ralité des faits, nous serions déjà bien avancés,
et il ne faudrait pas se plaindre : demain nous
aurions nos Hérodotes et nos Tacites. Mais nous

n'en sommes pas là, et les plus instruits de nos
maîtres avouent qu'il y a des côtés (selon moi,
ce sont les plus importants) où tout est plongé
dans un épais brouillard. Telle est l'histoire des
hérésies; je ne vous citerai que celle-là, quoique
celle de la religion officielle qu'on vous a enseignée et que vous enseignez à vos enfants soit
tout aussi menteuse, tout aussi obscure, tout
aussi incertaine. Mais mon sujet m'impose de
me borner à la première, et je vous demande si
vous en savez quelque chose? Ne rougissez pas
d'avouer que non. Vos professeurs n'en savent
guère plus.

Et comment le sauraient-ils? Figurez-vous,
madame, qu'il y a là toute une moitié de l'histoire intellectuelle et morale de l'humanité, que
l'autre moitié du genre humain a fait disparaître, parce qu'elle la gênait et la menaçait. Il faut
que j'essaie de vous faire bien comprendre de
quoi il est question, et vous verrez ensuite que

cette sainte mère l'hérésie nous a engendrés tout
aussi légitimement, tout aussi puissamment
que notre autre mère la sainte Église. L'une
nous a baptisés, confessés et dirigés de siècle en
siècle à la lumière du jour; l'autre nous a tra-
vaillé le cœur, réchauffé l'esprit; elle nous a
tourmentés, inspirés, poussés en avant de
siècle en siècle par ses voix mystérieuses,
toujours étouffées et toujours éloquentes; *de
profundis clamavi ad te,* c'est le chant éternel;
c'est le cri déchirant de l'hérésie plongée dans
les cachots, ensevelie sous les bûchers, scellée
vivante dans la tombe, comme elle l'est encore
sous les ténébreux arcanes de l'histoire.

Femmes, quand je me rappelle que c'est
pour vous que j'écris, je me sens le cœur plus
à l'aise; car je n'ai jamais douté que malgré vos
vices, vos travers, votre insigne paresse, votre
absurde coquetterie, votre frivolité puérile, il
n'y eût en vous quelque chose de pur, d'en-

thousiaste, de candide, de grand et de généreux,
que les hommes ont perdu ou n'ont point encore. Vous êtes de beaux enfants. Votre tête est
faible, votre éducation misérable, votre prévoyance nulle, votre mémoire vide, vos facultés
de raisonnement inertes. La faute n'en est point
à vous! Dieu a permis que dans l'oisiveté de votre intelligence votre cœur se développât plus
librement que celui des hommes, et que vous
conservassiez le feu sacré de l'amour, les trésors
du dévouement, les charmes attendrissants de
l'incurie romanesque et du désintéressement
aveugle. Voilà pourquoi, pauvres femmes, nobles êtres qu'il n'a pas été au pouvoir de l'homme de dégrader, voilà pourquoi l'histoire de
l'hérésie doit vous intéresser et vous toucher
particulièrement; car vous êtes les filles de l'hérésie, vous êtes toutes des hérétiques; toutes
vous protestez dans votre cœur, toutes vous
protestez sans succès. Comme celle de l'Église

protestante de tous les siècles, votre voix est étouffée sous l'arrêt de l'Église *sociale* officielle. Vous êtes toutes par nature et par nécessité les disciples de saint Jean, de saint François, et des autres grands apôtres de l'idéal. Vous êtes toutes *pauvres* à la manière des éternels disciples du paupérisme évangélique ; car, suivant la loi du mariage et de la famille, vous ne possédez pas ; et c'est à cette absence de pouvoir et d'action dans les intérêts temporels, que vous devez cette tendance idéaliste, cette puissance de sentiment, ces élans d'abnégation qui font de vos âmes le dernier sanctuaire de la vérité, les derniers autels pour le sacrifice.

J'essayerai donc de vous faire l'histoire de l'hérésie au point de vue du sentiment, parce que le sentiment est la porte de votre intelligence.

Vous n'êtes pas sans savoir qu'il y a aujourd'hui une grande lutte engagée dans le monde

entre les riches et les pauvres , entre les habiles
et les simples , entre le grand nombre qui est
faible encore par ignorance , et le petit nombre
qui l'exploite par ruse et par force. Vous savez
qu'au milieu de cette lutte dont la continuité
serait contraire aux desseins de Dieu , des idées
profondes ont surgi ; qu'elles ont pris toutes les
formes , même celles de l'erreur et de la folie :
enfin, que mille sectes philosophiques se parta-
gent l'empire des esprits. Vous avez entendu
parler de celles qui ont fait la révolution française, des jacobins, des montagnards, des giron-
dins, des dantonistes, des babouvistes, des hé-
bertistes même, etc. Depuis quinze ans, vous
avez vu d'autres sectes déployer leurs banniè-
res , d'autres idées, ou plutôt les mêmes idées
au fond, prendre de nouvelles formes, chez les
saint-simoniens , les doctrinaires, les fouriéris-
tes, les communistes de Lyon , les chartistes
d'Angleterre, etc., etc.

Ce que vous trouvez au fond de toutes ces
sectes philosophiques et de tous ces mouvements
populaires, c'est la lutte de l'égalité qui veut s'é-
tablir, contre l'inégalité qui veut se maintenir ;
lutte du pauvre contre le riche, du candide
contre le fourbe, de l'opprimé contre l'oppres-
seur, de la femme contre l'homme (du fils même
contre le père dans la législation, puisqu'il a
fallu reconquérir la suppression du droit d'aî-
nesse) ; de l'ouvrier contre le maître, du travail-
leur contre l'exploitateur, du libre penseur contre le prêtre gardien des mystères, etc. ; lutte
générale, universelle, portant sur tous les principes, partant de tous les points, imaginant tous
les systèmes, essayant de tous les moyens. Vous
n'êtes pas au bout ; vous en verrez bien d'autres et de pires, si au lieu de laisser le champ
libre à la discussion, le pouvoir s'obstine à con-
traindre d'une part, et à corrompre de l'autre.

Eh bien, au point où nous en sommes, vous

ne pouvez pas supposer que tout cela soit absolument nouveau sous le soleil, que l'esprit humain ait enfanté toutes ces manifestations pour
la première fois depuis cinquante ans. Il faudrait, pour cela, supposer que depuis cinquante
ans seulement le genre humain a commencé à
vivre et à se rendre compte de ses droits, de ses
besoins de toutes sortes.

Et pourtant, si vous cherchez dans les historiens l'histoire suivie, claire et précise des manifestations progressives qui ont amené celles
du dix-huitième siècle et celles d'aujourd'hui,
vous ne l'y trouverez que confuse, tronquée et
profondément inintelligente. Parmi les modernes *, les uns, effrayés de la multiplicité des

---

*Depuis quelques années, de louables et heureuses ten-
tatives ont été faites à cet égard. M. Michelet, M. Lavallée,
M. Henri Martin surtout ont commencé à jeter un nouveau
jour sur ces questions, et à les traiter avec l'attention
qu'elles méritent. Je ne parle pas des beaux travaux frag-
mentaires de l'*Encyclopédie nouvelle*, et de certains autres
dont les idées que j'émets ici ne sont qu'un reflet et une
vulgarisation.

sectes et de l'obscurité répandue sur leurs doctrines par les arrêts mensongers de l'inquisition
et l'auto-da-fé des documents, ont craint de se
tromper et de s'égarer ; les autres ont tout simplement méprisé la question, soit qu'ils ne s'in-
téressassent point à celle qui agite notre généra-
tion, soit qu'ils n'aperçussent point ses rapports
avec l'histoire des anciennes sectes. Parmi les
anciens historiens, c'est bien autre chose. D'a-
bord il y a plusieurs siècles (et ce ne sont pas
les moins remplis de faits et d'idées), dont il ne
reste rien que des arrêts de mort, de proscription et de flétrissure. Durant ces siècles, l'Église
prononça la sentence de l'anéantissement des
individus et de leur pensée : maîtres et disciples, hommes et écrits, tout passa par les flammes ; et les monuments les plus curieux, les
plus importants de ces âges de discussion et
d'effervescence sont perdus pour nous sans retour.

Ainsi, le rôle de l'Église, dans ces temps-là,
ressemble à l'invasion des barbares. Elle a réussi
à plonger dans la nuit du néant les monuments
de la pensée humaine; mais le sentiment qui
enfanta ces idées condamnées et violentées ne
pouvait périr dans le cœur des hommes. L'idée
de l'égalité était indestructible; les bourreaux
ne pouvaient l'atteindre : elle resta profondément enracinée, et ce que vous voyez aujour-
d'hui en est la suite ininterrompue et la conséquence directe.

Les siècles persécutés, et pour ainsi dire
étouffés, dont je vous parle, embrassent toute
l'existence du christianisme jusqu'à la guerre
des hussites. Là l'histoire devient plus claire,
parce que les insurrections religieuses aboutis-
sent enfin à des guerres sociales. Les questions
se posent plus nettement, non plus tant sous la
forme de propositions mystiques que sous celle
d'articles politiques. Bientôt après arrive la ré-

forme de Luther, les grandes guerres de religion, la création d'une nouvelle église, qui échappe aux arrêts de l'ancienne et qui conserve les monuments de son action historique, grâce à l'invention de l'imprimerie, qui neutralise celle des bûchers.

Il semblerait que cette nouvelle église de Luther, pénétrée d'amour et de respect pour les longues et courageuses hérésies qui l'avaient précédée, préparée et mise au monde, eût dû consacrer d'abord sa ferveur et sa science à reconstruire l'histoire de son passé, à refaire sa généalogie, à retrouver ses titres de noblesse. Elle était encore assez près des événements pour chercher dans ses traditions le fil de son existence, dont l'Église romaine avait détruit l'écriture. Elle ne le fit pourtant pas, occupée qu'elle était à se constituer dans le présent et à poursuivre une lutte active. Mais il faut bien avouer aussi que ses docteurs et ses historiens

manquèrent souvent de courage et reculèrent
avec effroi devant l'acceptation du passé. Ce
passé était rempli d'excès et de délires. Nous
l'avons dit plus haut, c'était le temps de la violence; et les hussites le disaient dans leur style
énergique : *C'est maintenant le temps du zèle et
de la fureur.* Nous dirons, plus tard, comment ils se croyaient les ministres de la colère
divine. Mais ces délires, ces excès, ce zèle et
cette fureur ne dévoraient-ils pas aussi le sein
de l'église romaine? Rome avait-elle le droit de
leur reprocher quelque chose en fait de vengeance et de cruauté, de meurtre et de sacrilége?
Les docteurs protestants reculèrent pourtant devant les accusations dont on chargeait la tête de
leurs pères. Luther lui-même, vous le savez,
fut le premier à s'épouvanter du torrent dont il
avait rompu la dernière digue. Comment eut-il
pu accepter la tache glorieuse de son origine,
lui qui désavouait déjà l'œuvre terrible de ses

contemporains et l'audace qu'il supposait à sa postérité?

Il légua son épouvante à ses pâles continuateurs. Les uns, reniant leur illustre et sombre origine, s'efforcèrent de prouver qu'ils n'avaient rien de commun avec ceux-ci ou ceux-là ; les autres, plus religieux, mais non moins timides, s'attachèrent à blanchir la mémoire de leurs aïeux dans l'hérésie de tous les excès qui leur étaient imputés. De là résulta une foule d'écrits qu'il peut être bon de consulter, parce qu'il s'y trouve, comme dans tout, des lambeaux de vérité, mais auxquels il est impossible de se rapporter entièrement pour connaître la vérité des sentiments historiques, à la recherche desquels nous voici lancés *.

* M. Lenfant, dans une longe et curieuse histoire du concile de Bâle dont nous avons extrait ces notes sur la guerre hussitique, abandonne la cause, sans façon, à la sévérité de son siècle. Il raille et méprise plus souvent qu'il n'admire. M. de Beausobre dans ses travaux très-supérieurs comme

Il ne s'agit ici de rien moins que de décider
tout le contraire de ce qu'ont décidé des gens
très graves et très savants : à savoir que, comme
il n'y a qu'une religion, il n'y a qu'une hérésie.
La religion officielle, l'église constituée a toujours suivi un même système; la religion secrète, celle qui cherche encore à se constituer,
cette société idéale de l'égalité, qui commence à
la prédication de Jésus, qui traverse les siècles
du catholicisme sous le nom d'hérésie, et qui
aboutit chez nous jusqu'à la révolution française, pour se réformer et se discuter, à défaut
de mieux, dans les clubs chartistes et dans l'exaltation communiste, cette religion là est aussi
toujours la même, quelque forme qu'elle ait re-

intelligence, comme érudition et comme aperçu de sentiment, s'efforce de nier des faits qui ont cependant un caractère de vérité historique. Il donne un démenti général
et particulier à toutes les assertions des écrivains catholiques, et poussant la partialité un peu loin, fait l'hérésie
blanche comme neige.

vêtue, quelque nom dont elle se soit voilée,
quelque persécution qu'elle ait subie. Femmes,
c'est toujours votre lutte du sentiment contre
l'autorité, de l'amour chrétien, qui n'est pas le
dieu aveugle de la luxure païenne, mais le dieu
clairvoyant de l'égalité évangélique, contre l'inégalité païenne des droits dans la famille, dans
l'opinion, dans la fidélité, dans l'honneur, dans
tout ce qui tient à l'amour même. Pauvres laborieux ou infirmes, c'est toujours votre lutte
contre ceux qui vous disent encore : « Travaillez
beaucoup pour vivre très mal; et si vous ne
pouvez travailler que peu vous ne vivrez pas du
tout. » Pauvres d'esprit à qui la société marâtre
a refusé la notion et l'exemple de l'honnêteté,
vous qu'elle abandonne aux hasards d'une éducation sauvage, et qu'elle réprime avec la même
rigueur que si vous connaissiez les subtilités de
sa philosophie officielle, c'est toujours votre
lutte. Jeunes intelligences qui sentez en vous

l'inspiration divine de la vérité, et qui n'échap-
pez au jésuitisme de l'Eglise que pour retomber
sous celui du gouvernement, c'est toujours votre lutte. Hommes de sensation qui êtes livrés
aux souffrances et aux privations de la misère,
hommes de sentiment qui êtes déchirés par le
spectacle des maux de l'humanité et qui demandez pour elle le pain du corps et de l'âme, c'est
toujours votre lutte contre les hommes de la
fausse connaissance, de la science impie, du so-
phisme mitré ou couronné. L'hérésie du passé,
le communisme d'aujourd'hui, c'est le cri des
entrailles affamées et du cœur désolé qui appelle la vraie connaissance, la voix de l'esprit,
la solution religieuse, philosophique et sociale
du problème monstrueux suspendu depuis tant
de siècles sur nos têtes. Voilà ce que c'est que
l'hérésie, et pas autre chose : une idée essentiel-
lement chrétienne dans son principe, évangélique dans ses révélations successives, révolution-

naire dans ses tentatives et ses réclamations; et non une stérile dispute de mots, une orgueil-leuse interprétation des textes sacrés, une suggestion de l'esprit satanique, un besoin de vengeance, d'aventures et de vanité, comme il a plu à l'Eglise romaine de la définir dans ses réquisitoires et ses anathèmes.

Maintenant que vous apercevez ce que c'est que l'hérésie, vous ne vous imaginerez plus, comme on le persuade à vous, femmes, et à vos enfants, lorsqu'ils commencent à lire l'histoire, que ce soit un chapitre insipide, indigne d'examen ou d'intérêt, bon à reléguer dans les subti-lités ridicules du passé théologique. On a réussi à embrouiller ce chapitre, il est vrai ; mais l'affaire des esprits sérieux et des cœurs avides de vérité sera désormais d'y porter la lumière. Prétendre faire l'histoire de la société chrétienne sans vouloir restituer à notre connaissance et à notre méditation l'histoire des hérésies, c'est

vouloir connaître et juger le cours d'un fleuve
dont on n'apercevrait jamais qu'une seule rive.
On raconte qu'un Anglais (ce pouvait bien être
un bourgeois de Paris), ayant loué, pour faire
le tour du lac de Genève, une de ces petites voi-
tures suisses dans lesquelles on voyage de côté,
se trouva assis de manière à tourner constam-
ment le dos au Leman, de sorte qu'il rentra à
son auberge sans l'avoir aperçu. Mais on assure
qu'il n'en était pas moins content de son voyage,
parce qu'il avait vu les belles montagnes qui en-
tourent et regardent le lac. Ceci est une parabole
triviale applicable à l'histoire. La montagne,
c'est l'Église romaine, qui, dans le passé, do-
mine le monde de sa hauteur et de sa puissance.
Le lac profond, c'est l'hérésie, dont la source
mystérieuse cache des abîmes et ronge la base
du mont. Le voyageur, c'est vous, si vous imitez
l'Anglais, qui ne songea point à regarder derrière lui.

Quand vous lisez l'évangile, les actes des apôtres, les vies des Saints, et que vous reportez
vos regards sur la vérité actuelle, comment vous
expliquez-vous cette épouvantable antithèse de
la morale chrétienne avec des institutions païen-
nes ?

Quelques formules de notre code français (ce
ne sont que des formules!) rappellent seules le
précepte de Jésus et la doctrine des apôtres. Si
l'empereur Julien revenait tout à coup parmi
nous et qu'on lui montrât seulement ces formules, il s'écrierait encore une fois : « Tu l'em-
portes, Galiléen! » Et si saint Pierre, le chef et
le fondateur dont l'Église romaine se vante, était
appelé à la même épreuve, il ne manquerait pas
de dire : « Voilà l'ouvrage de ma chère fille la
sainte Église. » Mais le pape serait là pour lui
répondre : Que dites-vous là, saint père ? c'est
l'abominable ouvrage d'une abominable révolution, dont les fanatiques ont brisé vos autels,

outragé vos lévites et profané nos temples. » Je
suppose que saint Pierre, étourdi d'une pareille
explication, appelât saint Jean pour le tirer de
cet embarras; saint Jean, qui en savait et en
pensait plus long que lui sur l'égalité, lui dirait:
« Prenez garde, frère, j'ai bien peur que le coq
n'ait chanté sur le clocher de votre Église romaine. » Et alors, appelant le pape à rendre témoignage : « Qu'avez-vous donc fait, vous et
les autres, pour que les fanatiques de l'égalité se
portassent à de tels excès contre vous et votre
culte ? — Nous avions fait notre devoir, répon-
drait le pape; nous avions condamné et persécuté Jean-Jacques Rousseau, Diderot et tous les
fauteurs de l'hérésie. » Alors saint Jean voudrait savoir qui étaient ces grands saints qui
avaient résisté à l'Église au nom du précepte du
Christ, car il ne les jugerait pas autrement. Il
voudrait connaître tous ceux qui avaient suscité
l'hérésie de l'évangile; et, de siècle en siècle,

remontant par le dix-huitième siècle à Luther et
à Jean Huss, et par Vicklef à Pierre Valdo, et
par Jean de Parme à Joachim de Flore, et par
eux à saint François; et par saint François à
une suite interrompue d'apôtres de l'égalité
chrétienne, il remonterait ainsi par le torrent
de l'hérésie jusqu'à lui-même, à sa doctrine, à
sa parole. Il laisserait alors saint Pierre s'arran-
ger avec Grégoire VII et tous ses orthodoxes
jusqu'à Grégoire XVI, et retournerait vers son
divin maître Jésus pour lui rendre compte du
cours bizarre des affaires de ce monde.

Voilà donc tout bonnement l'histoire de ce
monde. D'un côté les hommes d'ordre, de discipline, de conservation, d'application sociale,
d'autorité politique; ces hommes-là, qui n'ont
pas choisi sans motif saint Pierre pour leur pa-
tron, bâtissent et gouvernent l'Église avec une
grande force, avec beaucoup d'habileté, de
science administrative, de courage et de foi

dans leur principe d'unité. Ils font là un grand
œuvre; et plusieurs d'entre eux, préservant à
certaines époques la société chrétienne des bou-
leversements de la politique, de l'ambition brutale des despotes séculiers, et de l'envahissement
des nations aux instincts barbares, sont dignes
d'admiration et de respect. Mais tandis qu'ils
soutiennent cette lutte au nom du pouvoir spirituel contre le pouvoir temporel, ils prennent
les vices du monde temporel et trempent dans
ses crimes. Ils oublient, ils sont forcés d'oublier
leur mission divine, idéale ! Ils deviennent con-
quérants et despotes à leur tour ; ils oppriment
les consciences et tournent leur furie contre
leurs propres serviteurs, contre leurs plus utiles
instruments.

Ces serviteurs ardents, ces instruments précieux d'abord, mais bientôt funestes à l'Église,
ce sont les hommes de sentiment, d'enthousiasme, de sincérité, de désintéressement et d'a-

mour ; c'est l'autre côté de la nature humaine
qui veut se manifester et faire régner la doctrine
du Christ, la loi de la fraternité sur la terre. Ils
n'ont ni la science organisatrice, ni l'esprit d'intrigue, ni l'ambition qui fait la force, ni la richesse qui est le nerf de la guerre. Les papes
l'ont toujours parce qu'ils trouvent moyen de
s'associer aux intérêts des souverains, et ils font
mieux que de faire la guerre eux-mêmes ; ils la
font faire pour eux, ils la suscitent et la dirigent.
Les apôtres de l'égalité sont pauvres. Ils ont
fait vœu de pauvreté ; à une certaine époque,
ils sortent principalement des associations de
frères mendiants ; ils se répandent sur la terre
en vivant d'aumônes et souvent de mépris. Ils
ne peuvent s'appuyer que sur le pauvre peuple,
chez lequel ils trouvent d'immenses sympathies.
En l'éclairant dans la voie de l'Évangile, ils font
sortir de son sein de nouveaux docteurs qui,
sans s'adjoindre à eux officiellement, et souvent
même en s'en détachant tout à fait, continuent

leur œuvre, entrent en guerre ouverte avec l'É-
glise, sont flétris du nom d'hérétiques, agitent
les masses, se répandent dans le monde sous
divers noms, y prêchent le principe sous divers
aspects, et partout y subissent la persécution.
Mais le destin de l'hérésie n'est pas de triompher
brusquement de l'Église ; elle ne peut que la
miner sourdement, l'ébranler quelquefois par
l'explosion des menaces populaires, être ensuite
sa dupe, son jouet, sa victime, et finir par le
martyre pour renaître de ses propres cendres,
s'agiter encore, s'engourdir dans la constitution
avortée du luthérianisme, et se fondre enfin
dans la philosophie française du dix-huitième
siècle. Vous savez le reste de son histoire, je
vous en ai indiqué la trace. Elle revit aujour-
d'hui en partie dans la grande insurrection per-
manente des Chartistes, et en partie dans les
associations profondes et indestructibles du
Communisme. Ces communistes, ce sont les

Vaudois, les pauvres de Lyon ou Léonistes qui faisaient dès le douzième siècle le métier de canuts et l'office de gardiens du feu sacré de l'Évangile. Les chartistes, ce sont les wickléfistes qui, au quatorzième siècle, remuaient l'Angleterre et forçaient Henri V à interrompre plusieurs fois la conquête de la France. Si je cherchais bien, je trouverais quelque part les Hussites; et quant aux Taborites et aux Picards, et même aux Adamites, j'ai la main dessus, mais je ne suis pas obligé de les désigner. Le petit nombre de ces derniers dans le passé et dans le présent ne leur laisse que peu d'importance. Ils ne sont point destinés à en avoir jamais. Leur idée est excessive, délirante, et comme les convulsions de la démence, elle est un symptôme de mort plus que de guérison. Ces surexcitations de l'enthousiasme sont destinées à disparaître. Je ne les indique ici que parce qu'elles jouent un rôle dans la guerre des hussites, et

qu'il sera bon de faire leur part quand j'aurai à
montrer leur action.

Maintenant, si le sujet vous intéresse, cherchez dans les livres d'histoire le récit des grandes insurrections des pastoureaux, des vaudois, des beggards, des fratricelles, des lolhards, des wickléfistes, des turlupins, etc.
Je ne me charge de vous raconter que celles
des hussites et des taborites qui n'en font
qu'une. L'histoire de toutes ces sectes et d'une
quantité d'autres que je ne vous nomme pas,
n'en forme qu'une non plus, quoi qu'en puissent
dire les érudits qui ont voulu faire de si grandes
distinctions entre elles *. C'est l'histoire du
Joannisme, c'est-à-dire l'interprétation et l'application de l'Évangile fraternel et égalitaire de

---

* Les rivalités et les inimitiés de ces sectes entre elles ne
prouvent qu'une vérité banale; c'est qu'il est fort difficile
de s'entendre sur les moyens de réaliser une grande entreprise; mais le même but, la même idée est au fond de toutes.

saint Jean. C'est la doctrine de l'*Évangile éter-nel* ou *de la religion du Saint-Esprit*, qui remplit tout le moyen-âge et qui est la clef de toutes ses convulsions, de tous ses mystères. Trouvez-moi une autre clef pour ouvrir tous les problèmes du temps présent, sinon permettez-moi de commencer mon récit ; car il ressemble beaucoup jusqu'ici à celui du caporal Trimm, qui s'appelait précisément l'Histoire des sept châteaux du roi de Bohême.

2

Nous avons justement laissé le roi de Bohême, Wenceslas l'ivrogne, dans un de ses châteaux (c'était, je crois, celui de *Tocznik*), tandis que Jean Huss, le jeune recteur de l'université de Prague, traduisait en bohémien les livres de Wicklef, et prêchait le wickléfisme. Le wickléfisme était une des nombreuses formes qu'avait

prises la doctrine de l'*Évangile éternel*, la grande
hérésie lancée dans le monde depuis plusieurs
siècles, et formulée par l'abbé Joachim de Flore,
en 1250. Wicklef était mort, mais le wickléfisme
survivait à son apôtre, et les adeptes, sous le
nom de *Lollards*, préparaient une grande insurrection, se fiant peut-être aux relations, et l'on
dit même aux engagements que, soit curiosité,
soit enthousiasme, Henri V avait contractés avec
eux dans les années orageuses de sa jeunesse. Ils
cherchèrent des sympathies chez les autres peuples, et y répandirent mystérieusement leur doctrine, s'adressant aux hommes les plus remarqua-
bles, suivant l'usage de ces temps de persécutions.
On prétend que Jean Huss repoussa d'abord
avec horreur la pensée de l'hérésie, mais qu'il
fut séduit par deux jeunes gens arrivés d'Angleterre, sous prétexte de prendre ses leçons. On
raconte même à ce sujet une anecdote qui ressemble fort à une légende. Mais la poésie des

traditions a son importance historique ; elle donne, mieux parfois que l'histoire, l'idée des mœurs et des sentiments d'une époque : enfin, elle ajoute la couleur au dessin souvent bien sec de l'histoire, et à cause de cela, elle ne doit pas être méprisée.

Nos deux écoliers wickléfistes prièrent donc Jean Huss, leur maître et leur hôte, de leur permettre d'orner de quelques fresques le vestibule de sa maison. «Ce qu'ayant obtenu, ils représen- « tèrent, d'un côté, Jésus-Christ entrant à Jéru- « salem sur une ânesse, suivi de la populace à « pied; et, de l'autre, le pape monté superbe- « ment sur un beau cheval caparaçonné, pré- « cédé de gens de guerre bien armez, de tim- « baliers, de tambours, de joueurs d'instru- « ments, et des cardinaux bien montez et « magnifiquement ornez. » Tout le monde alla voir ces peintures, « les uns admirant, les autres criminalisant les tableaux. »

Jean Huss aurait donc été frappé de l'antithèse ingénieuse que cette image lui mettait sous
les yeux à toute heure. Il aurait médité sur la
simplicité indigente du divin maître et de ses
disciples, les pauvres de la terre et les simples
de cœur; sur la corruption et le luxe insolent de
l'autocratie catholique, et il se serait décidé à lire
Wicklef. Aussitôt qu'il se fut mis à le répandre
et à l'expliquer, de nombreuses sympathies répondirent à son appel. La Bohême avait bien
des raisons pour abonder dans ce sens sans se
faire prier. D'abord, comme nous l'avons déjà
dit plus haut, la haine du joug étranger, puis
celle du clergé qui la pressurait et la rongeait
affreusement. Dans le peuple fermentait depuis
longtemps un levain de vengeance contre les richesses des couvents; les récits qu'on a faits de
ces richesses ressemblent à des contes de fées.
La doctrine des Vaudois avait depuis longtemps
pénétré dans les montagnes de la Moravie. On

dit même que lors de la persécution que leur fit subir Charles V, à l'instigation du pape Grégoire XI, Pierre Valdo en personne était venu finir ses jours en Bohême. Les *lolhards* de Bohême dont le nom ressemble bien à celui des lollards d'Angleterre, étaient originaires d'Autriche. Un de leurs chefs, brûlé à Vienne en 1522, avait déclaré qu'ils étaient plus de huit mille en Bohême. Les historiens constatent aussi des irruptions de béguins ou beggards, d'adamites, de turlupins, de flagellants et de millénaires dans les pays slaves et en Bohême surtout à différentes époques. Prague avait eu déjà d'illustres docteurs qui avaient prêché que la fin du monde ancien était proche, *que l'Antechrist était apparu sur la terre, et qu'il siégeait sur le trône pontifical.* Jean de Milicz*, un des plus célèbres,

---

* *Milicius*, suivant la coutume des historiens de cette époque de latiniser tous les noms. Il ne paraît pas que tous ces docteurs hérétiques sortis des rangs du peuple aient

avait été mandé à Rome pour se disculper, et on
dit qu'il avait écrit ces propres paroles sur la
porte de plusieurs cardinaux. On cite aussi Mathias de Janaw, dit *le Parisien*, parce qu'il
avait étudié à Paris, « illustre par sa merveil-
« leuse dévotion, et qui, par son assiduité à prê-
« cher, a souffert une grande persécution, et
« cela à cause de la vérité évangélique. « Celui-
là détestait les moines, et leur reprochait « d'a-
voir abandonné l'unique sauveur Jésus-Christ
pour des « *François* et des *Dominique*. » On ne
voit point que l'enthousiasme joannite des ordres mendiants ait établi un lien sympathique
entre eux et les Bohémiens. Soit que ceux de ces

tenu à leurs noms de famille, mais beaucoup à leur nom de
baptême et à celui de leur village. Jean Huss prit le sien de
Hussinetz, où il était né. Je prierai mes lectrices de faire attention, en lisant l'histoire de ces siècles, à la prodigieuse
quantité de théologiens célèbres dans l'Église ou dans l'hérésie qui portent le prénom de Jean. A l'époque de la prédication du joannisme et de la dévotion à l'évangile de saint
Jean, ce n'est pas un fait indifférent.

moines qui habitaient le pays ne partageassent pas cet enthousiasme à l'époque où il éclata en Italie et en France, soit que la haine des couvents l'emportât sur toute similitude de doctrine chez les Bohémiens, il est certain que cette doctrine changeant de nom et de prédicateurs, leur arriva un peu tard et leur servit d'arme contre tous les ordres religieux.

Ces docteurs bohémiens avaient tenté surtout de rétablir les coutumes de l'Église grecque, auxquelles la Bohême, convertie primitivement au christianisme par des missionnaires orientaux, avait toujours été singulièrement attachée. La communion sous les deux espèces et l'office divin récité dans la langue du pays, étaient surtout les cérémonies qui lui paraissaient constituer sa nationalité, représenter ses franchises et préserver dans l'esprit du peuple l'égalité des fidèles devant Dieu et devant les hommes de la tyrannie orgueilleuse du clergé.

Nous reviendrons sur cet article qui est le motif de la guerre hussitique et le symbole de l'idée révolutionnaire de la Bohême à cette époque, ainsi que l'enveloppe extérieure de l'œuvre du Taborisme.

La noblesse tenait tout autant que le peuple (du moins la majorité de la pure noblesse bohême) à ces antiques coutumes. Grégoire VII les avait anéanties. Mais l'autorité de cet homme énergique n'avait pu décréter l'orthodoxie d'une nation qui n'avait jamais été ni bien grecque, ni bien latine, qui portait l'amour de son indépendance principalement dans son culte, et qui, jusque-là, avait cru et prié à sa guise dans la simplicité et la pureté de son cœur. Pendant deux siècles après Grégoire VII, il y avait eu en Bohême un culte latin officiel pour la montre, pour l'obédience extérieure, et un culte grec devenu national, un culte qu'on pourrait appeler *sui generis*, pour la vie des entrailles populaires.

On disait les offices en langue bohême, et on
communiait sous les deux espèces dans les campagnes, et secrètement dans les villes ; il y avait
même plusieurs endroits où on l'avait toujours
fait ostensiblement, grâce à des priviléges accordés et maintenus par les papes. Milicius fut persécuté et mourut dans les prisons, après avoir res-
tauré l'ancien rite assez généralement. Mathias de
Janaw était confesseur de Charles IV, qui l'aimait beaucoup et qui ne paraît pas avoir été bien
décidé entre les principes hardis de son université et les menaces du saint-siége. On osa demander à cet empereur de travailler à la réformation de
l'Église ; il eut peur, repoussa la tentation, éloigna
Mathias, cessa de communier sous les deux espèces, et laissa l'inquisition sévir contre ses coreligionnaires. On n'administrait donc plus cette
communion sur la fin de son règne, que dans
les maisons particulières, « et à la fin, dans les
« endroits cachez ; mais ce n'était pas sans périls

« de la vie. » Quand on se saisissait des communiants, «on les dépouillait, on les massacrait,
« on les noyait ; de sorte qu'ils furent obligés de
« s'assembler à main armée, et bien escortez.
« Cela dura de part et d'autre jusqu'au temps
« de Jean Huss. »

On voit maintenant comment, en peu d'années, Jean Huss devint le prophète de la Bohême.
Il prêcha ouvertement le mépris de la papauté,
la liberté de la communion et des rites. A la
suite d'une querelle de réglement, il avait fait
chasser presques tous les gradués allemands de
l'Université. L'inquisition réprimanda et fit brûler les livres de Wicklef. Huss n'en prêcha que
plus haut et souleva maintes fois le *peuple enclin
aux nouveautés*. Son archevêque n'avait pas
beaucoup de pouvoir contre lui ; l'abrutissement
de Wenceslas livrait l'État à l'anarchie. Irrité
contre le pape qui l'avait déposé de l'empire, il
n'était pas fâché de lui voir susciter un mauvais

parti. Son frère et son ennemi Sigismond, qui par ses intrigues gouvernait une partie de la noblesse bohême, n'était guère plus content du saint-siége, parce que celui-ci avait longtemps soutenu son concurrent Rupert au royaume de Hongrie ; d'ailleurs, les Turcs lui donnaient assez d'occupation pour le distraire de l'hérésie.

Jean Huss prêcha en bohémien à la chapelle de Bethléem, en latin au palais royal de Prague et dans les synodes et assemblées générales du clergé bohême, contre le clergé romain et contre toute la discipline ecclésiastique. Secondé par Jérôme de Prague, Jacques de Mise, dit Jacobel, Jean de Jessenitz, Pierre de Dresden * et plusieurs autres, il commença à fanatiser les artisans et les femmes, qui, de leur côté, commen-

---

*Pierre de Dresden est, dit-on, l'auteur de ces hymnes et de ces chansons spirituelles entremêlées d'allemand et de latin qui sont encore en usage dans les églises de la confession d'Augsbourg. On lui en attribue aussi la musique. (*M. Lenfant*).

cèrent à dogmatiser aussi, et même à écrire des livres, déclarant qu'il n'y avait plus d'Église sur la terre que celle des hussites.

Tout le monde sait la suite de l'histoire de Jean Huss. Après avoir subi en Bohême plusieurs persécutions, il fut cité devant le concile. « Il comparut sur la foi d'un sauf-conduit de « l'empereur Sigismond [*]. Il n'en fut pas moins « emprisonné à son arrivée à Constance, pen-« dant qu'une commission, déléguée par le con-« cile, examinait ses doctrines. Il fut condamné « en même temps que la mémoire de son maî-« tre Wicklef. Jean Huss montra d'abord quel-« que hésitation; mais il reprit bientôt toute sa « fermeté, ne voulant point se rétracter, à moins « qu'on ne lui prouvât ses erreurs par l'Écriture, « appela du concile au tribunal de Jésus-Christ,

[*] Sigismond, arrivé à l'empire en 1410 par la mort de Rupert, voulut consolider par ce sacrifice son alliance avec Rome.

« et déclara qu'il aimerait mieux être brûlé mille
« fois * que de scandaliser, par son abjuration,
« ceux auxquels il avait enseigné la vérité. Il fut
« dégradé des ordres sacrés, livré au bras sécu-
« lier par le concile, et conduit au bûcher d'après
« l'ordre de ce même empereur qui lui avait
« garanti par serment la vie et la liberté. Jérôme
« de Prague avait été arrêté et amené prisonnier
« à Constance quelque temps auparavant. Il fai-
« blit, renia Wiclef et Jean Huss, et fut absous.
« Quelque temps après, il fit demander au con-
« cile une audience publique, déclara qu'il avait
« menti à sa conscience, et qu'il croyait à la vé-
« rité des enseignements de ses maîtres; puis il
« marcha intrépidement au supplice. Il y eut
« quelque chose de plus fatal et de plus sinistre

---

* On raconte que Jean Huss, pendant qu'il lisait les livres
de Wicklef, se donnait l'étrange plaisir de se brûler le
bout des doigts à la flamme de sa lampe. Interrogé sur cet
étrange passe-temps, il répondit en montrant le livre :
« Voilà un calice qui me mènera loin. »

« que cette double catastrophe : ce fut la théo-
« rie qu'inventa le concile pour la justifier. Un
« décret du concile défendit à chacun, sous
« peine d'être réputé fauteur d'hérésie et cri-
« minel de lèse-majesté, de blâmer l'empereur
« et le concile touchant la violation du sauf-
« conduit de Jean-Huss *. »

Pendant tout ce procès, les hussites de Bohême s'étaient tenus, le peuple, dans une attente
sombre et douloureuse, les nobles dans un
silence irrité. A la nouvelle de son supplice,
presque toute la Bohème s'émut ; depuis *ces
gens de la lie du peuple,* qu'on lui avait tant
reproché d'avoir pour auditoire, jusqu'à ces
vieux seigneurs qui avaient vu en lui le restau-
rateur de leurs antiques franchises et de leurs
coutumes nationales. L'Université, saisie unanimement d'une véhémente indignation, rendit un
témoignage public, adressé à toute la chrétienté,

*M. Henri Martin, *Histoire de France.*

en faveur du martyr. « O saint homme! disait
« ce manifeste, ô homme d'une vertu inestima-
« ble, d'un désintéressement et d'une charité
« sans exemple! Il méprisait les richesses au
« souverain degré , il ouvrait ses entrailles aux
« pauvres; on le voyait à genoux au pied du lit
« des malades. Les naturels les plus indompta-
« bles, il les gagnait par sa douceur, et rame-
« nait les impénitents par des torrents de lar-
« mes. Il tirait de l'Écriture sainte, ensevelie
« dans l'oubli, des motifs puissants et tout nou-
« veaux pour engager les ecclésiastiques vicieux
« à revenir de leurs égarements et pour réfor-
« mer les mœurs de tous les ordres sur le pied
« de la primitive Eglise. » ..... « Les opprobres,
« les calomnies, la famine, l'infamie, mille tour-
« ments inhumains, et enfin la mort, qu'il a
« soufferte, tout cela non seulement avec pa-
« tience, mais avec un visage riant : toutes ces
« choses sont un témoignage authentique d'une

« constance, aussi bien que d'une foi et d'une
« piété inébranlables chez cet homme juste, etc.»

Des lettres de sanglants reproches furent
adressées au concile de toutes parts. On lui disait qu'il avait été assemblé, non par l'esprit de
Dieu, mais par l'esprit de malice et de fureur;
qu'il avait condamné un innocent sur la dépo-
sition de personnes infâmes, sans vouloir écouter celle des évêques, des docteurs et des gens
de bien de la Bohême, qui témoignaient de son
orthodoxie et de sa foi; que c'était une assemblée de satrapes que ce concile, et le conseil des
Pharisiens contre Jésus-Christ; et mille autres
invectives, dont plusieurs sont remplies d'éloquence. Ces pièces coururent toute l'Allemagne,
et irritèrent violemment le pape et les cardinaux. Jean Dominique, légat du pape, fut si mal
reçu en Bohême, qu'il écrivit au pontife et à
l'empereur : *Les hussites ne peuvent être rame-
nés que par le fer et par le feu.* Sigismond ne

voulut pas se hâter de ruiner un royaume qu'il regardait comme sien. Il hésita, et la révolution n'attendit pas qu'il eût pris son parti.

Elle commença religieusement par instituer un anniversaire commémoratif de la mort du martyr Jean Huss (6 juillet), et par faire célébrer ses louanges dans toutes les églises; puis elle frappa des médailles en son honneur, et l'Université, qui était à la tête du mouvement, publia sa déclaration de foi, la première formule du hussitisme.

Cette déclaration, signée de maître *Jean Cardinal* et de toute l'Université, ne porte absolument que sur le droit auquel prétendent les hussites de communier sous les deux espèces, conformément à l'institution *de Christ*, à ses propres paroles, à celle de saint Jean et aux principes purs de la saine orthodoxie. Ils traitent le retranchement de la coupe de *constitution humaine, nouvellement inventée et inconnue aux*

sacrés canons; pardonnent à ceux qui, *par
ignorance et simplicité,* se sont soumis jusque-
là à cette ordonnance, et finissent par déclarer
que désormais *il ne faut avoir égard à ce dogme d'invention humaine,* et s'en tenir à la doctrine de Jésus, qui doit l'emporter sur *toute
puissance insidieuse et redoutable,* sur *toutes
comminations et terreurs.*

Une telle déclaration ne paraissait pas devoir
entraîner de grands orages. Les orthodoxes romains n'y trouvaient pas beaucoup à redire, sinon que « si ce n'était point une hérésie en soi
de communier sous les deux espèces, c'en était
une de dire que l'Église péchait en n'adminis-
trant ce sacrement que sous une seule ». Jusque-
là on n'était aux prises que sur une subtibilité,
et le raisonnement de l'orthodoxie était un so-
phisme. Mais si la déclaration de l'Université sa-
tisfaisait les classes aristocratiques, la noblesse,
le clergé et même la bourgeoisie de Bohême, il

s'en fallait de beaucoup qu'elle fût l'expression
de la religion des masses, qui se sentaient tra-
vaillées par la doctrine ardente de l'Évangile
éternel et par toutes les idées confuses, mais
passionnées, d'égalité évangélique, que les prêtres du concile appelaient la *lèpre vaudoise*.
Wicklef et Jean Huss, théologiens consommés
dans l'acception de la philosophie scolastique,
érudits recherchés et honorés, hommes de
science et par conséquent hommes du monde,
soit qu'ils n'eussent pas été aussi loin que leurs
adeptes prolétaires dans leur conception d'une
nouvelle société chrétienne, soit qu'ils eussent
voilé cette conception idéale sous des formules
de simple discipline réformatrice, avaient écrit
avec cette prudence de raisonnement que doivent conserver les hommes en vue, pour ne pas
compromettre leur doctrine dans la discussion
avec les sophistes et les puissants de ce monde.
Les âmes populaires plus pressées par leur feu

intérieur et par leurs souffrances matérielles,
avaient vite songé à réaliser l'idée cachée au
fond de cette question de dogme; et, tandis que
les classes patientes par nature et par position se
contentaient de réclamer la coupe, les pauvres,
conduits et agités par divers types de fanatiques,
s'apprêtaient à réclamer l'égalité et la communauté de biens et de droits, dont la coupe n'était
pour eux que le symbole. Ainsi, les patriciens,
les classes aisées et la plupart des habitants industriels des grandes villes commençaient à former
la secte des calixtins ou des hussites purs, tandis que les paysans, les ouvriers avec leurs
femmes et leurs enfants, grondaient sourdement, comme la mer à l'approche d'une tempête, se préparant aux fureurs du Taborisme
et des autres sectes sublimes de courage et féroces d'instinct, qui devaient victorieusement résister à Rome et à tout l'empire germanique, durant quatorze ans.

Déjà, du temps de Jean Huss, ces exaltés avaient émis l'opinion que le prêtre n'était rien de plus qu'un autre homme, et que tout chrétien était prêtre de son plein droit pour interpréter les mystères et administrer les sacrements. Au concile de Constance, des cordonniers de Prague avaient été accusés *d'entendre les confessions et d'administrer le sacré corps de Notre-Seigneur*. Les seigneurs bohémiens présents à cette accusation en avaient défendu, en rougissant, l'honneur de la Bohême, et le fait parut si énorme, qu'on n'osa persister à le reprocher à Jean Huss. Mais les cordonniers de Prague n'en furent peut-être pas très émus, et l'on vit une femme du peuple arracher l'hostie des mains du prêtre, en disant qu'une femme de bonne vie était plus digne qu'un prêtre infâme de toucher le pain du ciel.

Comme les émeutes et les violences commençaient, et que plusieurs gentilshommes de l'intérieur, espèce de Burgraves qui faisaient depuis longtemps le métier de bandits pour leur propre compte, se servaient du hussitisme comme d'un prétexte pour piller les églises, rançonner les couvents et détrousser les voyageurs, les grands de Bohême s'assemblèrent pour délibérer sur les conséquences de la déclaration de l'Université. Ils formèrent une députation des plus considérables d'entre eux, pour aller trouver le roi et l'inviter à s'occuper un peu de son royaume. Il y avait beaucoup d'analogie, nous l'avons dit, entre la condition de ces deux monarques contemporains, Wenceslas l'ivrogne et Charles VI l'insensé. Cachés au fond de leurs châteaux, ils n'étaient heureux que lorsqu'on les oubliait, et ne reparaissaient que malgré eux sur la scène, où on les rappelait aux jours du danger, comme de vieux drapeaux qu'on tire de la poussière.

Wenceslas, effrayé des troubles, s'enivrait pour se donner du cœur, dans sa forteresse de

Tocznik au sommet d'une montagne du district de Podwester. Dès qu'il aperçut les députés, il eut peur et se barricada. On parvint cependant à en introduire quelques-uns auprès de lui, et ils le décidèrent à venir habiter Prague, où il se renferma dans la forteresse de Wyssehrad. C'é- tait un pauvre porte-respect, que ce roi fai- néant, abruti dans la débauche et naturellement poltron, bien qu'il eût parfois des velléités de cruauté et des heures de rage aveugle. Dès qu'il fut arrivé dans sa capitale, des députés de la ville vinrent lui demander des églises pour y en- seigner le peuple à leur manière, et y donner la communion des subutraquistes *. Il leur de- manda du temps pour y penser, et fit dire sous main à Nicolas, seigneur de Hussinetz, qui était à leur tête, *qu'il filait là une corde pour se faire pendre.* Les hussites de Prague insistèrent les

* Partisans de la communion sous les deux espèces. C'est ainsi qu'on appelait alors les calixtins ou hussites purs.

armes à la main. Les conseillers du roi répondirent en son nom par des menaces. Le sénat fut
alarmé de ces mutuelles dispositions; mais Jean
Ziska, chambellan de Wenceslas, apaisa l'affaire et retarda l'explosion, en disant au peuple,
sur lequel il exerçait déjà une grande influence,
qu'il fallait attendre l'issue du concile, et ses résolutions pour ou contre le hussitisme.

Il est temps de parler du *redoutable aveugle
Jean Ziska du calice.* Il y a tant d'obscurité sur
ses commencements, qu'on ignore son nom de
famille. On sait seulement qu'il s'appelait *Jean,*
le nom à la mode dans ces temps-là ; le surnom
de Ziska signifie borgne : il l'était depuis son
enfance. On assure qu'il était noble. Il naquit
pauvre, et vécut dans la pauvreté au milieu du
pillage, par sobriété naturelle et par austérité
de caractère, mais sans qu'il ait paru regarder le
communisme pratiqué par ses soldats comme
autre chose qu'une excellente mesure de disci-

pline dans ces temps difficiles. Rien ne révèle en lui des aptitudes philosophiques, ni aucune méditation religieuse profonde. C'est un fanatique de patriotisme ; mais ce n'est point un fanatique de religion, et si ses instincts de divination stratégique approchent de la faculté extatique, il ne paraît point s'être embarrassé beaucoup des questions théologiques de son temps. Il comprenait la mission qui lui était départie dans *les jours du zèle et de la fureur*, et il s'y donna tout entier. Entreprenant, opiniâtre, vindicatif, cruel, invincible et invaincu, cet homme était la colère de Dieu incarnée. Aussi, ce n'est pas un illuminé sublime comme Jeanne d'Arc ; il n'est pas non plus comme elle l'inspiration et le cœur de la guerre patriotique ; mais il en est la tête et le bras, et comme elle en est le palladium et l'oriflamme, il en est la torche et le glaive.

Il naquit à Trocznova, dans le district de

Kœnigsgratz, on ignore à quelle époque. On
sait seulement qu'il fut page de Charles IV, et
qu'il servit avec éclat en Pologne dans la guerre
contre les chevaliers Teutoniques, en 1410. Il
est probable qu'il n'avait guère moins de qua-
rante-cinq ans au début de la guerre des hussites. Il était au service de Wenceslas à l'époque
du supplice de Jean Huss, et on assure qu'il
obtint de son maître la permission de jurer
haine et vengeance contre les meurtriers. Il fut
de ceux qui regardèrent la perfidie du concile et
la raillerie féroce du sauf-conduit de Sigismond
comme une injure faite à la Bohême. Mais quoique le fait dont je vais parler ne soit pas authentique, il a paru, à quelques historiens, motiver
encore mieux l'espèce de rage qui transporta
Ziska contre les moines ; car on peut dire qu'il
ne vécut que de leur sang pendant les sept années de sa terrible mission. Selon la tradition
à laquelle je me fierais assez dans les pays dont

l'histoire a été supprimée en grande partie ou
refaite par les oppresseurs), un moine avait dé-
bauché ou violé sa sœur qui était religieuse, et
Ziska aurait fait serment de venger ce crime sur
tous les ecclésiastiques qui lui tomberaient sous
la main. Il tint horriblement parole, et cette
rancune le peint mieux que beaucoup d'autres
motifs. Complètement désintéressé dans le pillage des couvents, et refusant sa part du butin
avec une rigidité lacédémonienne, dépourvu de
vanité ou d'ambition, nullement enthousiaste
à la façon des fanatiques dont il était le chef, il
semble qu'un motif personnel de vengeance ait
pu seul l'entraîner à des fureurs si soutenues, si
implacables, si froides, et savourées avec une
volupté si profonde.

Cependant, quand on examine attentivement
cette existence à la fois violente et calme de Jean
Ziska, on est frappé de l'habileté politique qui
préside à tous ses actes, et on en vient à se de-

mander à quels autres moyens il pouvait recourir pour procurer à son pays l'indépendance
nationale que seul il se sentait la force de lui
donner. Nous l'examinerons en détail, en le
suivant, pour ainsi dire, pas à pas, et nous
verrons à travers le sombre fanatisme qui lui a
été injustement imputé, une volonté froide, clair-
voyante, opiniâtre, beaucoup plus éclairée et
beaucoup plus saine qu'on ne le pense. Ainsi
nous regarderions sa vengeance personnelle
comme un de ces stimulants que la Providence
suscite aux grandes missions, mais non comme
la cause et le but unique de la sienne. Le vul-
gaire se trompe toujours en ces sortes d'affaires;
il veut résoudre le problème de toute une existence dans un seul fait, et ne voit pas que ce fait
n'est que la goutte d'eau qui fait déborder le
vase.

A l'instigation de Ziska, Wenceslas accorda
donc ou laissa prendre aux hussites plusieurs

églises, et, grâce à cet accommodement, l'année
1417 s'écoula sans que les premières conquêtes
de la réforme fussent menacées ni entraînées à
de grandes violences. Sigismond répondit aux
reproches qu'on lui avait adressés, par une lettre à la fois lâche et insolente. Il se défendait
d'avoir livré Jean Huss; prétendait avoir *vu son
malheur avec une douleur inexprimable, être
sorti plusieurs fois du concile en fureur;* puis il
alléguait, non l'autorité infaillible des décisions
de l'Église, mais la puissance politique de ce
concile, *composé, non de quelque peu d'ecclésiastiques, mais des ambassadeurs des rois, et
des princes de toute la chrétienté.* Enfin il menaçait les hussites d'une croisade *qui serait suivie de grands scandales et de périls extrêmes.*
C'est pourquoi il les priait, *très affectueusement,
de ne pas exposer tout un royaume à une totale
désolation, et de rejeter toute nouveauté.* Quant
aux déréglements qu'on reprochait au clergé, il

prétendait, à l'exemple de ses prédécesseurs, ne
point s'immiscer dans de telles affaires. *Qu'ils
se corrigent entre eux*, disait-il avec une rail-
leuse indifférence, *comme ils savent qu'ils doivent le faire. Ils ont l'Écriture sainte devant les
yeux, et il n'est permis ni possible, à nous autres gens simples, de l'approfondir.*

L'athéisme ironique de cette réponse dut
blesser tous les Bohémiens dans leur loyauté et
dans leur enthousiasme religieux. Bientôt après
arriva la décision du concile à leur égard : elle
était rédigée en vingt-quatre articles, révoltants
de tyrannie et de cruauté. Ils rappellent les plus
odieuses proscriptions de Sylla et de Tibère.
C'est une amplification des préceptes les plus
honteux de délation et de férocité. Le premier
article intime à Wenceslas l'ordre de jurer soumission et fidélité à l'Église romaine. Les vingt-
trois autres désignent tous les genres de rébel-
lion qui doivent être punis par le fer et par le

feu, ou tout au moins par l'exil et la misère. Tous les fauteurs du hussitisme sont condamnés à mort ; *qu'on les brûle*, ainsi que tous les livres, tous les traités qui ont rapport aux doctrines de Wicklef et de Jean Huss, et *toutes les chansons qui ont été faites contre le concile* ; que l'université de Prague soit réformée ; qu'on en chasse les wickléfistes et *qu'on les punisse* ; qu'on rétablisse l'ancienne communion, et que les transgresseurs *soient punis* ; qu'on fasse comparaître devant le siége apostolique les principaux coupables, *tels que sont Jean de Jessenitz, Jacobel, Simon de Rockizane, Christian de Prachatitz, Jean Cardinal, Zdenko de Loben*, etc., etc. ; que tous ceux qui abjureront *approuvent la condamnation* de ceux qui, ne se rétractant pas, seront *punis* ; que ceux qui défendent et protégent les wickléfistes et les hussites soient *punis*, et que ceux qui l'ont fait *jurent de ne plus le faire*, et, au contraire, de les *pour-*

suivre afin de les faire *punir*, c'est-à-dire bannir ou brûler, etc.

C'était condamner à mort la moitié de la Bohême et expatrier le reste, à moins que la Bohême ne se dégradât jusqu'à l'abjuration de sa foi, jusqu'à la ratification du crime, à moins qu'elle ne consentît à s'effacer elle-même ignominieusement du rang des nations. Les Bohémiens prouvèrent bientôt que ce n'était pas là leur humeur.

Au mois de mai 1418, le concile étant fini, le cardinal Jean-Dominique, cet inquisiteur déjà odieux à la Bohême, vint s'acquitter de sa légation et procéder *par les voies de fait* à la conversion des hérétiques. Il débuta par entrer dans l'église de Slana, au milieu de la communion hussite, par jeter les calices non consacrés sur le pavé, et par faire brûler un ecclésiastique et un séculier de cette communion. C'était briser la dernière digue et déchaîner la mer.

Des troubles violents éclatèrent sur tous les points. Wenceslas épouvanté n'osa rien faire pour les réprimer et feignit même de les approuver. Néanmoins les hussites délibérèrent d'élire un autre roi. Mais Coranda, un de leurs prêtres, éloquent et fin, les harangua fort spirituellement : *Mes frères, leur dit-il, quoique nous ayons un roi ivrogne et fainéant, cependant si nous jetons les yeux sur tous les autres, nous n'en trouverons point qui lui soit préférable : et on peut même le regarder comme le modèle des princes ; car c'est son indolence qui fait notre force. Il est donc juste de prier Dieu pour sa conservation. — Nous avons un roi et nous n'en avons point. Il est roi de nom et il ne l'est pas d'effet. Ce n'est que comme une peinture sur la muraille. — Et que peut faire contre nous un roi qui est mort en vivant?* »

Ces plaisanteries pleines de sens eurent un succès égal auprès des révoltés et auprès du sou-

verain. Wenceslas se souciait de sa vie beaucoup plus que de sa dignité. Il en prit beaucoup
d'amitié pour Coranda. Dominique, accablé
d'insultes et menacé du supplice qu'il faisait
subir aux hérétiques, se réfugia en Hongrie auprès de Sigismond, afin de l'animer contre les
hussites. Mais il y mourut bientôt, après avoir
eu la gloire de faire rétracter un docteur qui
prêchait, dit-on, le pur déisme. Il est vrai qu'il
tint ce malheureux attaché pendant trois jours
à un poteau, où il souffrait tellement, qu'il demandait la mort comme une grâce.

Au milieu de ces troubles, Jean Ziska, muni
d'une patente que, dans ses jours d'abandon,
son maître Wenceslas lui avait remise, scellée
de sa main, pour l'autoriser à tenir son serment
de venger la mort de Jean Huss, *rassembla
beaucoup de monde,* et se mit à parcourir le district de Pilsen où il mit tout à feu et à sang,
s'empara de la capitale, se rendit maître de

toute la province, et en chassa tous les prêtres
et tous les moines. Il y établit la communion
sous les deux espèces, et institua prêtre l'ardent
et ingénieux Coranda. Mais craignant de tomber
dans quelque embuscade, il songea à se camper
dans une position forte avec son armée. Il choisit pour cela le site inexpugnable de Hradistie
dans la province de Béchin ; et, en attendant
qu'il pût y bâtir une ville, il ordonna à ses gens
de dresser leurs tentes dans les endroits où ils
voulaient avoir leurs maisons. Nicolas de Hussinetz, celui à qui Wenceslas avait promis une
corde pour le pendre, vint l'y joindre avec sa
bande. Au bout de peu de jours, il se rassembla
en ce lieu quarante mille personnes de tout
sexe et tout âge, qui venaient de tous les pays
environnants et surtout de Prague, et pour lesquelles trois cents tables furent dressées afin de
fraterniser dans la nouvelle communion. C'est
peut-être alors que la montagne du campement

fut inaugurée sous le nom mystique de Tabor
qu'elle a toujours porté depuis, ainsi que la forteresse de Ziska et celle qu'on y voit encore aujourd'hui. Cette place forte a joué un rôle dans
toutes les guerres de l'Allemagne, et nos armées
en ont gardé le souvenir mêlé à celui de Napoléon.

A partir de ce moment, les hussites de Jean
Ziska portèrent le nom de taborites, et peu à
peu formèrent une secte de plus en plus tran-
chée, et une armée de plus en plus intrépide et
redoutable.

Un historien contemporain et témoin des événements, nous a transmis le récit de cette première grande communion évangélique des hussites. « En 1419, le jour de la Saint-Michel, il
« s'attroupa une grande multitude de peuple
« dans une vaste campagne appelée *les Croix,*
« *(Cruces)*, proche de Tabor. Il en vint beau-
« coup de Prague, les uns à pied, les autres en

« chariot. Ce peuple avait été invité par maître
« Jacobel, maître Jean Cardinal, et maître Tocz-
« nicz. Maître Mathieu fit dresser une table sur
« des tonneaux vides, et donna l'eucharistie au
« peuple sans nul appareil. La table n'était pas
« couverte, et les prêtres n'avaient point d'ha-
« bits sacerdotaux. Maître Coranda, curé de Pil-
« sen, se rendit dans ce même endroit avec une
« grande troupe de l'un et de l'autre sexe, por-
« tant l'eucharistie. Avant que de se séparer,
« un gentilhomme ayant exhorté le peuple à
« dédommager un pauvre homme dont on avait
« gâté les blés, il se fit une si bonne collecte,
« que cet homme n'y perdit rien, car il ne se
« faisait aucune hostillité ; les troupes, mar-
« chaient avec un bâton seulement comme des
« pèlerins. Sur le soir, toute cette multitude
« partit pour Prague et arriva, à la clarté des
« flambeaux, devant Wisherad. Il est surpre-
« nant que dans cette occasion ils ne s'emparè-

« rent pas de cette forteresse dont la conquête
« leur coûta depuis tant de sang. »

C'est avec cette piété et cette douceur que les
taborites accomplirent en grand pour la première fois les rites de leur culte. Ils se donnèrent en partant, rendez-vous pour la Saint-Mar-
tin suivante ; mais bientôt ils furent troublés
par les garnisons que Sigismond tenait toujours
dans les villes et châteaux. Ceux de Tausch
de Klattaw et de Sussicz, en approchant du lieu
convenu pour une nouvelle communion, furent
avertis par Coranda de prendre des armes
parce qu'on leur tendait une embûche. De
Knim et d'Aust, des avis furent échangés également entre les pèlerins, afin qu'ils eussent à se
tenir sur leurs gardes, et ils s'envoyèrent les uns
aux autres des chariots avec des gens bien armés.
Mais avant que ces troupes eussent pu opérer
leur jonction, elles furent attaquées par les Impériaux, ayant à leur tête Sternberg, seigneur

catholique, président de la monnaie de Cuttemberg. Ceux d'Aust furent taillés en pièces ; mais
ceux de Knim repoussèrent Sternberg, et le forcèrent à la fuite, après quoi ils restèrent tout le
jour sur le lieu du combat, enterrant les morts
d'Aust et faisant dire l'office divin par leurs prêtres. De là ils se rendirent à Prague en chantant
des hymnes de victoire, et ils y furent joyeuse-
ment reçus par leurs frères.

A cette occasion, Ziska écrivit une fort belle
lettre à ceux de Tauss * , dans le district de

---

* Tauss, Taus, Tausch, Tysta ou Tusta, c'est la même
ville, ou du moins le même nom. Il est impossible de trouver dans les historiens anciens un nom, même des plus
importants, sur lesquels ils s'accordent. Il paraît qu'aujour-
d'hui encore l'orthographe germanisée des noms bohêmes
n'offre guère plus de certitude. Je ne me pique donc d'aucune exactitude pour ces noms sur lesquels rien n'a dû
m'éclairer suffisamment. On sait l'indifférence de nos historiens français des derniers siècles, et le sans-gêne des
corruptions de la basse-latinité du moyen-âge pour les noms
étrangers. Je croirais cependant que le véritable nom ancien de Tauss est *Tusta*, à cause d'une anecdote consignée dans plusieurs livres à ce sujet. La tradition rapporte

Pilsen. Nous la rapporterons, parce que ces pièces précieuses nous font connaître les caractères
historiques mieux que toutes les déclamations
des écrivains. On a retrouvé celle-ci en 1541,
dans la maison de ville de Prague.

*Au vaillant capitaine et à toute la ville de Tis-
ta.* « Mes très chers frères, Dieu veuille par sa
« grâce, que vous reveniez à votre première
« charité, et que, faisant de bonnes œuvres,
« comme de vrais enfants de Dieu, vous persis-
« tiez en sa crainte. S'il vous a châtiés et punis,
« je vous prie en son nom, de ne vous pas lais-
« ser abattre par l'affliction. Ayez donc égard
« à ceux qui travaillent pour la foi et qui souf-

---

qu'en 974 l'empereur Othon Ier, obligeant Boleslaws, prince
de Bohême, à tenir une chaudière sur le feu pour avoir
commis un fratricide, et ce prince voulant s'asseoir, l'empereur lui cria : *Tu sta.* La légende peut être fausse, mais elle
est ancienne, et le jeu de mots porte sur un nom qui était
accepté alors. Cette dissertation pédante est la seule que je
me permettrai : on me la pardonnera. J'avais placé le château fantastique de Riesenburg près de Tauss, dans le roman de Consuelo.

« frent persécution de la part de nos adversai-
« res, surtout de la part des Allemands, dont
« vous avez éprouvé l'extrême méchanceté à
« cause du nom de J.-C. Imitez les anciens
« Bohémiens, vos ancêtres, qui étaient toujours
« en état défendre la cause de Dieu et la leur
« ropre. Pour nous, mes frères, ayant tou-
« jours devant les yeux la loi de Dieu et le bien
« de la république, nous devons être fort vi-
« gilants, et il faut que quiconque est capable
« de manier un couteau, de jeter une pierre et
« de porter un levier *(une barre, une massue,)*
« se tienne prêt à marcher. C'est pourquoi, T.
« C. F., je vous donne avis que nous assem-
« blons de tous côtés des troupes pour combat-
« tre les ennemis de la vérité et les destructeurs
« de notre nation; et je vous prie instamment
« d'avertir votre prédicateur d'exhorter le peu-
« ple dans ses sermons à la guerre contre l'An-
« techrist. Et que tout le monde, jeunes et vieux

« s'y dispose. Je souhaite que, quand je serai
« chez vous, il ne manque ni pain, ni bière, ni
« aliments, ni pâturages, et que vous fassiez
« provision de bonnes armes. C'est le temps de
« s'armer non seulement contre ceux du de-
« hors, mais aussi contre les ennemis domesti-
« ques. Souvenez-vous de votre premier com-
« bat, où vous n'étiez que peu contre beaucoup
« de monde, et sans armes contre des gens bien
« armés. La main de Dieu n'est pas raccourcie ;
« ayez bon courage et tenez-vous prêts. Dieu
« vous fortifie. — *Ziska du Calice, par la di-*
« *vine espérance, chef des taborites.* »

3

Ziska ne commandait jusque-là que de pauvres gens du peuple. Il les exerça au métier des
armes dans lequel il était consommé, et en fit
d'excellents soldats. Sa forteresse de Tabor se
construisait rapidement. Protégée par des ro-
chers escarpés et par deux torrents qui en fai-

saient une péninsule, elle fut défendue en outre
par des fossés profonds et des murailles si épais-
ses, qu'elles pouvaient braver toutes les machines de guerre, des tours et des remparts savam-
ment disposés et construits avec une force cy-
clopéenne. Il se procura bientôt de la cavalerie,
en enlevant par surprise un poste où Sigismond
avait envoyé mille chevaux. Il apprit à ses gens
à les monter et leur fit faire l'exercice du ma-
nége. Puis il se rendit à Prague avec quatre
mille hommes qui suffirent pour y porter l'épouvante chez les uns et pour enflammer l'ardeur
des autres. Les hussites de Prague leur proposèrent de détruire les forteresses et de faire serment de ne jamais recevoir Sigismond. Ziska
pensa que le moment n'était pas venu, et qu'a-
vant tout il fallait se débarrasser du clergé. D'un
côté, sa haine l'y poussait ; de l'autre, il songeait
aux dépenses qu'une telle entreprise allait né-
cessiter, et il savait bien où il trouverait de quoi

payer les frais de la guerre. L'impatience des taborites était extrême. Peut-être trouvaient-ils que Ziska n'allait pas assez vite à leur gré, car ils parlaient encore de déposer Wenceslas, et d'élire roi un bourgeois nommé Nicolas Gansz. Pour les occuper, Ziska, qui ne voulait peut-être pas livrer et abandonner le maître qu'il avait servi et qui lui avait été débonnaire, leur livra le pillage des couvents, tandis que Wenceslas se retirait dans une autre forteresse à une lieue de Prague. Le monastère de Saint-Ambroise et le couvent des Carmes furent dévastés et les moines chassés. Le gage de chaque victoire était l'inauguration de la communion nouvelle dans les églises. On y portait la *monstrance* c'est à dire l'eucharistie, dans un calice de bois, afin de contraster avec les vases d'or et les ostensoirs chargés de pierreries dont se servaient les catholiques. Ziska, à leur tête, entra dans la maison du prêtre qui avait abusé de sa sœur, le

tua, le dépouilla de ses habits sacerdotaux et le
pendit aux fenêtres.

De là ils allèrent à la maison de ville où le
sénat venait de s'assembler pour prendre des
mesures contre eux. Un moine prémontré, nommé Jean, nouvellement hussite, et l'un des
hommes les plus terribles de cette révolution,
animait la fureur populaire en promenant un
tableau où était peint le calice hussitique. Le
sénat répondait avec fermeté au peuple qui ré-
clamait l'élargissement de quelques prisonniers.
En ce moment, je ne sais quelle main insensée
lança une pierre sur Jean le prémontré et sur
sa *monstrance*. A cet outrage, la fureur du peuple se réveilla, on fit irruption dans le palais.
Onze sénateurs prirent la fuite, et tous les autres, avec le juge et des citoyens de leur parti,
furent jetés par les fenêtres et reçus en bas sur
des broches et sur des fourches; le valet du juge,
sans doute celui qui avait eu la malheureuse fo-

lie de jeter la pierre, fut assommé dans sa cui-
sine.

L'affreuse ivresse ne fut qu'exaltée par ce
premier sang ; on s'était promis d'abord seulement de marcher sur toutes les églises et tous
les couvents, pour y renverser les autels catholiques et y instituer le nouveau culte. Si
Jean Ziska avait espéré satisfaire aux exigences
de son parti en leur permettant ces démonstra-
tions, il avait compté sans ce délire funeste qui
s'empare des hommes lorqu'ils se réunissent
pour faire les actes du pouvoir sans en avoir médité les droits. D'ailleurs, en assouvissant sa
vengeance personnelle, il avait donné un fatal
exemple. Tout fut bientôt à feu et à sang dans
Prague, et Ziska, qui était cependant un guerrier patriote et un vrai capitaine devant les ennemis de son pays, se vit entraîné du premier
bond dans les horreurs de la guerre civile. Les
habitants hussites de la *vieille ville* de Prague

avaient donné parole à ceux de la *nouvelle* de les seconder. Le massacre du sénat les effraya et ils se renfermèrent chez eux. Les égorgeurs vinrent les y assiéger ; la nuit seule mit fin au combat, et depuis ce jour, les citoyens des deux villes de Prague furent toujours animés les uns contre les autres.

Le lendemain, la sédition recommença. La belle chartreuse, appelée le *Jardin de Marie*, fut pillée. Le prieur s'était enfui. Les chartreux, entraînés, couronnés d'épines et promenés dans les rues, se virent abreuvés d'outrages. Quand on fut arrivé sur le pont de Prague, à l'endroit où Jean de Népomuck avait été noyé par ordre de Wenceslas, quelques hussites proposèrent de faire une hécatombe des chartreux ; d'autres, ennemis de ces cruautés, s'y opposèrent ; on se querella et on se battit de nouveau. Enfin, les chartreux furent traînés à la maison de ville de la vieille cité, d'où les magistrats les firent évader.

En apprenant ces désastres, Wenceslas ne sut qu'entrer en fureur, maltraiter ses gens et mourir d'apoplexie. Pendant qu'il écoutait les offres d'accommodement de ses conseillers lesquels étaient, comme tous les ordres du royaume, divisés d'opinion pour et contre la doctrine, son grand échanson s'avisa de dire *qu'il avait bien prévu tout cela*. Cette parole irrita tellement le roi, qu'il le prit par les cheveux, le jeta par terre, et allait le poignarder, lorsque ses gens réussirent à le désarmer. Il tomba dans leurs bras, frappé de congestion cérébrale; dix-huit jours après, il mourut *en jetant de grands cris et rugissant comme un lion.*

Tous les historiens du temps représentent cet empereur comme un *Sardanapale*, un *Thersite* et un *Copronime*. Ils l'accusent d'avoir souillé les fonts baptismaux et l'autel sur lequel il fut couronné, étant enfant, présage de l'impureté de sa vie et de l'ignominie de son règne.

« On peut dire de lui ce que Salluste dit de
« beaucoup de gens, qu'ils sont adonnés à
« leur ventre et au sommeil ; dont le corps est
« esclave de la volupté, *à qui l'âme est à charge,*
« et dont on ne peut pas plus estimer la vie que
la mort *. » On prétend qu'un de ses cuisiniers
lui ayant refusé à manger, sans doute par ordre du médecin, *il le fit embrocher et rôtir ;* qu'il
aimait passionnément son chien, parce qu'il
mordait tout le monde ; qu'il avait toujours un
bourreau à ses côtés et qu'il l'appelait son com-
père, ayant tenu son enfant sur les fonts de
baptême. *Il fit jeter dans la rivière un doc-*
teur en théologie, pour avoir dit qu'il n'y a de
vrai roi que celui qui règne bien.

Cette belle parole de Jean de Népomuck (car
c'est de lui certainement qu'il s'agit ici), et plusieurs autres aperçus de son caractère, m'ont
fait croire que, s'il eût vécu jusqu'à l'époque

---

* *Cochlée.*

de la prédication et du procès de Jean Huss, il eût embrassé sa doctrine et partagé son sort. Sa canonisation n'eut lieu qu'au dix-septième siècle, et ce fut sans doute pour l'université de Prague une de ces politesses que l'Église adresse de temps en temps à certains ordres ou à certains corps pour leur faire sa cour. On sait comment fut débattue et octroyée la canonisation de saint François d'Assises, le grand hérétique du joannisme et le véritable auteur de toutes les sectes qui se rattachent au paupérisme de l'*Evangile éternel*. A quoi tiennent dans le ciel les entrées de faveur !

Wenceslas mourut sans enfants. On dit qu'il avait été frappé de stérilité par les enchantements et le poison. Il ne fut regretté de personne. Les catholiques l'avaient vu trembler et faiblir devant les menaces des hussites. Ceux-ci savaient qu'il avait fait tout dernièrement la liste de ceux d'entre eux qu'il voulait faire mourir, et qu'en feignant de les favoriser, il ne cessait d'écrire à son frère Sigismond pour qu'il vînt le tirer de leurs mains. Il était donc, avec sa peur et sa paresse, le principal brandon de la guerre civile; car tandis qu'il laissait égorger les magistrats de Prague et ouvrait les temples catholiques aux sectaires, il appelait Sigismond et livrait aux Allemands les hussites des provinces.

Son cadavre subit l'expiation du supplice de Népomucène, à laquelle il avait échappé durant sa vie. Inhumé dans la basilique de la cour royale où était la sépulture des rois de Bohême, il fut déterré peu de temps après et jeté dans la Moldaw par les taborites. Mais comme une singulière destinée lui avait toujours fait trouver son salut dans l'eau, il fut repêché et reconnu par un marchand de poisson qui lui avait été attaché comme fournisseur. Le royal cadavre fut caché dans la maison du pêcheur, et revendu, par la suite, à sa famille pour vingt ducats d'or.

La mort de Wenceslas fut suivie d'un long interrègne, durant lequel le terrible et vaillant borgne de Tabor fut de fait l'unique souverain de la Bohême.

4

Sophie de Bavière, veuve de Wenceslas, s'étant vainement adressée à Sigismond, qui avait bien assez à faire de combattre les Turcs sur ses terres de Hongrie, se renferma du mieux qu'elle put dans le fort de Saint-Wenceslas, situé dans le *Petit-Côté* de Prague, sur la rive gauche de la Moldaw. La vieille et la nouvelle ville de Prague, ainsi que la forteresse de Wisrhad*, dont il sera souvent question dans cette histoire, sont situées sur la rive droite. On sait déjà que, malgré des dissidences d'opinion et de fréquents démêlés, ces deux villes étaient hussites. Le *Petit-Côté*, qui contenait le château des rois de Bohême, et où la cour, le haut clergé et les principaux dignitaires faisaient leur résidence, était resté attaché au parti catholique.

Sophie, effrayée de son abandon et de l'agitation croissante des esprits, résolut de tenter un coup hardi : elle rassembla quelques troupes, sortit secrètement de la ville avec un seigneur de Schwamberg, et alla attaquer à l'improviste le redoutable Ziska, dans le district de Pilsen. Ziska n'avait avec lui, en cet instant, qu'une petite troupe de taborites, avec leurs femmes et leurs enfants, qui les suivaient par-

* *Wisserhad* ou *Wischerad*.

tout. Réfugié sur une colline où il n'y avait que
pierres et brossailles, et que la cavalerie de la
reine ne pouvait gravir sans mettre pied à terre,
il n'attendait pourtant pas sans inquiétude l'issue d'un combat où il se voyait entouré de tous
côtés. Les femmes des taborites le sauvèrent par
un stratagème singulier : aux approches de la
nuit, elles étendirent leurs robes et leurs voiles
dans les broussailles, où les impériaux devaient
s'engager tout bottés et éperonnés. Dès qu'ils
eurent laissé leurs chevaux au bas de la colline,
et qu'ils eurent fait quelques pas dans ces filets,
ils s'y embarrassèrent si bien les pieds, qu'ils
ne purent avancer ni reculer ; et, tandis qu'ils
essayaient de se dépêtrer, Ziska fondit sur eux,
et les tailla en pièces. La reine et son général
prirent la fuite, à la faveur de la nuit.

En attendant que Sigismond pût s'attaquer
en personne à l'audacieuse insurrection des
hussites, Ziska, poursuivant son œuvre, dé-

truisit ou fit détruire par les nombreuses bandes
de ses adhérents presque toutes les églises con-
ventuelles et les monastères de la Bohême. On
compte cinq cent cinquante de ces édifices dont
il ne laissa pas pierre sur pierre. Les historiens
catholiques ne tarissent pas en gémissements
sur les funestes résultats de cette dévastation.
Les pompeuses descriptions qu'il nous ont lais-
sées de ces sanctuaires du luxe et de la paresse
expliquent assez la rage d'un peuple laborieux
et pauvre, qui avait vu prélever sur son travail
et sur ses besoins l'impôt exorbitant du clergé.
Le monastère de la Cour royale, à Prague,
avait sept chapelles, dont chacune était de la
grandeur d'une église. Autour du jardin, on
pouvait lire l'Écriture sainte sur les murailles,
en majuscules, sur de belles planches, et les let-
tres grossissant toujours, à proportion de la
hauteur de la muraille. Mais rien n'approchait
de la magnificence des Bénédictins d'Opatowitz.

Leur couvent avait été fondé par Wratislas, premier roi de Bohême, au onzième siècle, et l'on n'y recevait que des personnes riches, à la condition qu'elles y apporteraient tous leurs biens. Il y avait là un certain trésor qui, depuis longtemps, alléchait ces vieux burgraves de l'intérieur, dont nous avons déjà parlé, brigands qui, sous prétexte de guerre ou de religion, avaient toujours flairé, et maintenant essayaient pour leur compte la conquête des couvents. Celui-là était le rêve d'un certain pillard, nommé Jean Miesteczki, qui ne cessait de rôder autour, attiré par la merveilleuse aventure de Charles IV, dont le pays avait gardé souvenance. Bien que cette chronique soit une disgression, fidèle à notre amour pour cette partie l'histoire que nous appelons le coloris, nous la raconterons à nos lectrices. Des auteurs plus graves que nous l'ont consignée en latin.

Un jour de l'année 1359, l'empereur Charles,

étant à la chasse, disparut avec deux de ses
écuyers et ne rejoignit ses compagnons que le
soir à Kœningsgratz. L'empereur se mit à table,
ne répondit que par un sourire à ceux que son
absence avait effrayés, et se contenta de leur
dire qu'un serment épouvantable l'empêchait
de s'expliquer sur sa disparition mystérieuse.
Cependant on remarqua que l'empereur avait
au doigt une bague d'une forme antique, où
était enchâssé un diamant tel, que le trésor impérial n'en avait jamais possédé d'aussi précieux.

On admira ce joyau, on se perdit en com-
mentaires. L'empereur mourait d'envie de parler. Enfin, lorsque le bon vin l'eut rendu plus
communicatif, il réfléchit un peu, déclara qu'il
pouvait raconter son aventure avec certaines
restrictions, sans violer son serment, et se décida à rapporter ce qui suit.

Il était entré dans un monastère pour s'y re-

poser, et il avait été fort bien reçu et régalé à merveille par l'abbé, qui le prenait pour un seigneur de la cour. Après le repas, pressé de dire son nom, il avait promis de le faire dans l'église seulement, en présence des deux plus anciens moines et de l'abbé. Celui-ci ayant choisi ceux en qui il avait le plus de confiance, et ayant conduit l'empereur dans l'église, l'empereur se nomma et leur déclara que le désir de voir leur trésor l'avait amené chez eux. Il leur engagea en même temps sa foi d'empereur des Romains qu'il n'en prendrait rien, et ne souffrirait jamais qu'on leur en prît la moindre chose. L'abbé, à ces paroles, fut saisi d'une grande frayeur, se retira à l'écart, et, après avoir délibéré longuement avec ses deux moines, il répondit au monarque :
« Très clément souverain, nous vous dirons
« que des soixante religieux que nous sommes
« ici, il n'y a que nous trois qui ayons connais-
« sance du trésor. Quand il en meurt un des

« trois, on confie le secret à un autre, et nous
« sommes de serment de n'ouvrir le trésor à
« âme vivante. D'ailleurs l'accès en est fort
« dangereux et ne convient point à Votre Ma-
« jesté. »

L'empereur demanda qu'ils l'associassent,
lui quatrième à la prestation du serment et à la
connaissance du trésor. Les moines inquiets délibérèrent encore; et, n'osant ni refuser, ni consentir, lui proposèrent de deux choses l'une, ou
de voir le trésor sans voir le lieu, ou de voir le
lieu sans voir le trésor.

— Montrez-moi seulement le trésor, dit l'empereur, et je serai content.

— Il faut donc, dirent les moines, que vous
vous abandonniez à notre conduite.

— Mes chers pères, dit l'empereur, ma vie
est entre vos mains.

« Là-dessus, ils prennent l'empereur par la
« main; le mènent dans un enclos obscur (con-

« *clave*), pavé de briques, allument deux cier-
« ges, lui mettent un capuchon baissé sur la
« tête, de sorte qu'il ne pouvait voir que ce qui
« était à ses pieds; ensuite les moines ayant
« levé quelques briques, il aperçut confusément
« une caverne très profonde où il lui fallait des-
« cendre. Quand il fut arrivé en bas, les moines
« le tournèrent et le retournèrent jusqu'à ce
« qu'il en fut étourdi. Alors ils le conduisirent
« dans une cave souterraine *longue de deux*
« *rues*. Enfin ils lui ôtèrent son capuchon et le
« menèrent dans une chambre pleine d'argent
« en lingots, d'or en barres, de croix, de *paix*
« *(pacificalia)*, et d'autres ornements d'église
« enrichis de pierreries, et quantité d'autres
« joyaux.

« *Sire, dit alors l'abbé, tous ces trésors sont*
« *à vous, nous les gardions pour Votre Ma-*
« *jesté. Daignez en prendre tout ce qu'il vous*
« *plaira.*

« — *Dieu me préserve, répondit Charles, de*
« *toucher aux biens ecclésiastiques !*

« — *Il ne sera pas dit, répliqua l'abbé, que*
« *Votre Majesté s'en retourne d'ici les mains*
« *vides.* »

Et il lui mit au doigt la bague, qu'en ache-
vant ce récit l'empereur montrait à ses compagnons de chasse, sans vouloir leur indiquer ni
le nom ni la situation du monastère. Il s'estimait peut-être heureux d'en être sorti, et on
l'approuva fort, sans doute, d'avoir refusé les
offres insidieuses de l'abbé, lorsque pour l'é-
prouver celui-ci lui avait dit : *Tout cela est à*
vous. Parole de moine ! Si l'empereur l'eût pris
au mot, il est douteux qu'il eût remonté l'esca-
lier. Quoiqu'il en soit, ses courtisans eurent
bientôt appris des écuyers qui l'avaient accompagné, qu'il s'agissait du trésor des Bénédictins
d'Opatowitz, et de cette façon « la mine fut
éventée. »

La suite de l'histoire de ce trésor montre à quel point les moines tenaient à ces inutiles richesses. Un demi-siècle après l'aventure de Charles IV, le couvent d'Opatowitz en éprouva une plus tragique à la même occasion. Jean Miesteczki, profitant des ravages de Ziska pour s'enrichir aussi de son côté, arriva sur le soir, à cheval, avec deux de ses compagnons, sous prétexte de rendre ses devoirs à l'abbé qui s'appelait Pierre Laczur. Le brigand fut bien reçu et bien traité. Mais au milieu du souper, il en vint comme par hasard deux autres, et puis trois, et puis enfin toute la bande, qui tomba sur les moines et en tua un bon nombre. Pendant cette exécution, Miesteczki s'emparait de l'abbé et lui commandait, le poignard sur la gorge de lui révéler le secret du couvent. Les vieux moines se laissèrent maltraiter cruellement et gardèrent le silence. Le malheureux abbé fut mis à la torture et ne révéla rien. Il en mourut peu de

jours après, emportant son secret dans la tombe.
Les historiens catholiques du temps en font un
martyr. Quant à Miesteczki, il n'emporta de
son expédition que des vases sacrés, la cassette
particulière de l'abbé, et autres bribes dont il
acheta le château et la ville d'Opokzno. Puis,
pour racheter son âme de ce sacrilége, il fit une
rude guerre aux Hussites, qui pendirent son drapeau à un gibet de Prague. Plus tard, assiégé par
eux dans Chrudim, il se fit hussite pour avoir la
vie sauve, et ravagea encore les couvents avec
eux, le métier étant fort de son goût. Enfin il rentra en grâce avec Sigismond après toutes ces
aventures, et mourut peut-être en odeur de sainteté. Les Bénédictins d'Opatowitz furent repris et
repillés par les Taborites. On ne dit pas si
ceux-là trouvèrent le trésor. Peut-être existe-
t-il encore sous quelque ruine aux entrailles de
la terre.

Puisque nous consacrons ce chapitre aux

épisodes ainsi que notre auteur *, qui en rapporte bien d'autres plus hors de saison, nous
finirons par celle de Puchnick, évêque de Prague, mort avant la prédication de Jean Huss.
Wenceslas, qui était fort railleur, le fit appeler
un jour, et lui commanda de prendre dans son
trésor autant d'or qu'il en pourrait emporter sur
lui. Le prélat, moins discret et moins prudent
que Charles IV ne l'avait été chez les Bénédictins d'Opatowitz, remplit tellement ses poches,
sa robe et ses bottines, qu'il ne put faire un pas
pour s'en aller, et resta planté comme une statue devant l'ivrogne couronné, qui riait à faire
écrouler les voûtes de son palais. Quand il eut
fini de rire, Puchnick fut déchargé de son butin
jusqu'à la dernière obole, et renvoyé honteusement aux huées des serviteurs. Telles étaient
les mœurs du temps et les manières de la cour.
L'avarice du clergé de Bohême était devenue

* M. Lenfant, *Histoire du Concile de Bâle*.

proverbiale. Le peuple comparait les moines à
des animaux immondes auxquels les couvents
servaient d'étables. Il en fit justice avec la bru-
talité et la férocité qu'on retrouve au moyen-
âge chez tous les peuples, dans toutes les classes, et sous l'inspiration de toutes les idées religieuses. On brisa les images et les statues des
saints; on leur coupa le nez et les oreilles, et on
les jeta dans les rues et sur les chemins pour
qu'elles fussent foulées aux pieds par les pas-
sants. On voit là plus de fanatisme que d'avarice;
car bien des choses d'un grand prix furent per-
dues, entre autres des objets d'art et des ma-
nuscrits plus regrettables que les lingots d'or et
d'argent des monastères. Ziska s'emparait de
ces dernières dépouilles et les faisait porter à
Tabor, où elles étaient scrupuleusement consa-
crées à l'édification de la ville et des fortifications,
ainsi qu'à l'entretien des troupes et de leurs familles. Il ne se réservait que quelques jambons

et viandes fumées qu'il appelait ses *toiles d'arai-gnées,* parce qu'on les balayait aux murailles des réfectoires. Malheureusement, la vengeance ne se bornait pas là. Les moines et les religieuses étaient traités comme les statues de leurs saints, et livrés à toutes les tortures, à toutes les ignominies. Nous passerons rapidement sur ces détails qui font fris-sonner. En l'année 1419, les Taborites détrui-sirent, seulement à Prague, quatorze de ces communautés. Ils n'épargnèrent que celle des Bénédictins esclavons qui se déclara pour la doctrine de Jean Huss, et dont l'abbé alla au-devant d'eux leur offrir la communion sous les deux espèces. Ils la reçurent chargés et entourés *de leurs arcs, hallebardes, massues, scorpions et catapultes.* Ces Bénédictins étaient de ceux qui avaient obtenu, sous Charles IV, le privi-lége de dire les offices en langue slave, ce qui était un acheminement vers le schisme; et, comme la fondation de leur maison était con-

temporaine de celle de l'Université de Prague,
on peut croire qu'ils avaient toujours penché
vers ces mêmes idées d'indépendance et de réforme. Ils n'avaient certainement pas trempé
dans les accusations que le clergé de Bohême
porta contre Jean Huss et Jérôme au concile de
Constance; car on ne fit grâce à aucun de ceux-
là, et jamais supplice ne fut vengé avec autant
d'éclat que celui de ces deux hommes illustres.

5

Les seigneurs de Rosemberg avaient embrassé
le hussitisme avec ferveur, et l'un d'eux s'était
montré ardent à venger le supplice de Jean Huss.
Mais ses promesses échouèrent devant les sé-
ductions de Sigismond. Il devint l'ennemi le
plus haï et le plus méprisé des Taborites, et,

dès le commencement de 1420, Ziska tomba du
haut de son Tabor, comme un torrent des montagnes, sur la ville d'Aust, qui était située presque sous ses pieds, et qui appartenait à Rosemberg. On était au carnaval, et après ces soirées
de débauche, les habitants dormaient si profondément, qu'ils furent pris et masacrés *en sur-
saut*. Tous furent passés au fil de l'épée. Leurs
maisons rasées disparurent du sol. Ce nid de
papistes offusquait la vue de Ziska. Il en fit un
champ de blé.

Ulric de Rosemberg, proche parent de celui-
là, et que les historiens du temps appellent de
Roses (*Rosensis*), resta attaché encore quelque temps au parti de Jean Ziska. Nous prenons
note de lui pour qu'on ne le confonde pas avec
le premier, qui fut assommé à coups de fléaux
par les Taborites, puis coupé par morceaux et
jeté au feu.

Ziska détruisit et massacra encore, au com-

mencement de cette année 1420, une douzaine
de communautés religieuses, Coranda l'accom-
pagnait dans ces farouches expéditions. Hyneck
Krussina, *homme de tête et de main,* imitant le
zèle de Ziska, réunit, sur une montagne de
Cuttemberg qu'il baptisa *Oreb,* des troupes de
paysans qui prirent le nom d'Orébites. Les Taborites et les Orébites fraternisèrent dans les
combats et communièrent ensemble sur les
champs de bataille. En cas de danger, ils con-
vinrent de se donner toujours avis et de se secourir mutuellement. En attendant la guerre du
dehors, qui était imminente, ils se tinrent en
haleine en détruisant ces moines que Ziska appelait les ennemis domestiques.

Au milieu de ces événements, Ziska devint
aveugle. Comme il assiégeait la forteresse de
Raby, il monta sur un arbre afin de voir et d'en-
courager ses gens. Une bombarbe, en passant
près de lui et en fracassant les branches, lui fit

sauter un petit éclat de bois dans l'œil, le seul
qui lui restât. La forteresse n'en fut pas moins
emportée d'assaut et réduite en cendres ; puis
Ziska alla se faire panser à Prague, et peu de
temps après il rentra en campagne, privé entièrement et à jamais de la vue.

Il ne faut pas croire que cette guerre aux moines fut sans fatigues et sans dangers. Presque
tous ces monastères étaient fortifiés ; et les abbés, quand ils ne pouvaient pas compter sur
leurs vassaux, appelaient les corps d'Impériaux
pour les défendre. Quelquefois même on voyait
des paysans ou des ouvriers prendre parti contre
les Taborites à cause de quelque privilége agri-
cole ou industriel qu'ils voulaient conserver. Les
mineurs de Cuttemberg *, qui étaient Allemands pour la plupart, haïssaient tellement les
Orébites, qu'ils les guettaient au passage dans
les passes étroites de leurs montagnes, les chas-
saient comme des bêtes fauves avec des chiens

* Dans le Bœhmer-Wald, à la frontière bavaroise.

dressés à cet usage, et les précipitaient dans les
mines après les avoir forcés à la course. On dit
que six mille Hussites furent entassés dans une
de ces cavernes.

L'assentiment des masses à l'œuvre terrible
de Ziska fut donc plus d'une fois traversé par
des intérêts particuliers. Lorsque la bande affa-
mée des sombres Taborites s'abattait sur quelque terre privilégiée par l'empereur, ou récemment conquise par le brigandage, ils pouvaient
bien être reçus à coups de fléaux et de fourches
par les nombreux occupants. Le système de Ziska était évidemment de ruiner le pays, afin
d'organiser contre Sigismond une guerre de
partisans implacable et meurtrière ; et, s'il est
permis de reconstruire, par conjecture, le plan
d'un homme dont l'existence historique est en-
vironnée d'obscurités et de calomnies, on peut,
et on doit attribuer à ce plan même la destruction systématique de tous les couvents et de tout

le clergé de Bohême par Ziska, sans recourir à
ses motifs de vengeance personnelle. En effet,
Ziska voulait-il autre chose qu'une guerre pour
l'indépendance nationale contre la race Allemande ? S'il la voulait, pouvait-il ne pas la con-
sidérer comme une entreprise désespérée à
laquelle il fallait se préparer par tous les moyens
et tous les sacrifices ? Cette guerre nationale
n'eût jamais été possible avec l'existence de cette
population monacale, ramassis de transfuges et
d'enfants perdus de toutes les nations, qui,
après des velléités d'indépendance, avait fait sa
paix avec le concile de Constance, en lui jurant
soumission sur les cendres de Jean Huss. Ziska
trouva, dans l'enthousiasme des Taborites l'é-
lément et la révélation du succès. L'amour de la
patrie ne suffisait pas pour engager, tout d'un
coup, le prolétaire bohême à s'armer, à brûler
sa chaumière, à emmener sa femme et ses enfants à travers un pays désolé, pour aller se

planter avec eux sur la brèche d'un fort, et y mourir de faim ou percé de coups en défendant son drapeau national. Le fanatisme avait, pour cette héroïque défense, pour cet austère détachement des lares domestiques, pour cette vie dure et errante, enfin pour cette résolution positive de vaincre ou de mourir, des forces que l'orgueil national n'avait déjà plus après le règne brillant et fort de Charles IV. La vie de Ziska n'est pas celle d'un vaillant capitaine seulement; c'est celle d'un politique consommé; du moins nous le croyons, et nous espérons bien le prouver, quoiqu'il n'ait pas laissé de meilleure réputation que celle d'un vaillant homme de guerre. Aussi distingua-t-il d'emblée, non le parti auquel il devait se ranger, mais celui qu'il devait se créer; et, tandis que les Hussites de Prague péroraient sur leurs *quatre articles* *,

* On verra plus tard quelle était cette formule politique et religieuse du juste milieu hussite.

sans trouver en eux-mêmes la force de chasser
la reine et les impériaux, Ziska, appelant à lui,
de tous les points, les plus braves et les plus
ardents, avait organisé d'emblée un corps d'armée formidable, en même temps qu'un parti
audacieux, aveuglément dévoué à son inspiration militaire, et sans cesse inspiré lui-même
dans son rêve d'indépendance politique par une
liberté d'examen religieux qui ne connaissait
pas de limites humaines. Aussi le rocher de Tabor devint-il, comme par magie, le centre de la
Bohême. C'était l'autel où le feu sacré ne mourait point ; l'antre d'où sortaient, dans le danger,
des légions de sombres archanges ou d'impi-
toyables démons ; le paradis mystique où, dans
les heures de repos, on allait essayer la réalisa-
tion d'une vie de communauté et d'égalité par-
faite. Ziska, en pillant les monastères, savait
donc bien ce qu'il faisait. Il avait une armée à
faire vivre, et cette armée représentait pour lui

la Bohême, puisqu'elle était la gardienne de toute liberté et de toute unité nationale. Il comptait sur une guerre qui devait durer, et qui dura effectivement plusieurs années. Il y avait dans les richesses des couvents de quoi entretenir cette armée tout le temps nécessaire ; et, en même temps qu'il s'assurait des ressources considérables, il privait l'ennemi de ces mêmes ressources. La conduite de Sigismond prouva bientôt que Ziska ne s'était pas trompé en prévoyant que l'empereur apostolique pillerait les couvents et les églises pour subvenir à ses dépenses, avec aussi peu de scrupule que les hérétiques le faisaient de leur côté. Aussi Ziska ne perdit-il pas de temps pour lui ôter cet avantage. Les burgraves, en mettant la main à l'œuvre avant lui, et en s'enrichissant des dépouilles du clergé, les uns, pour satisfaire leur avarice ou leur prodigalité, les autres, pour les offrir à Sigismond et acheter par là sa faveur, montrèrent

bien à Ziska qu'il n'y avait pas à hésiter, et que
tout acte de pitié ou de désintéressement tourne-
rait à la perte de la Bohême. Les Taborites,
poussés par une fureur religieuse, ne comprenaient peut-être pas la pensée politique de leur
chef. Ils avaient réellement soif du sang des
moines et des prêtres qui avaient dénoncé l'hérésie à Rome, et qui, mourant pour la plupart
avec un courage héroïque, les menaçaient, jusque dans les tortures, des foudres du pape, du
glaive de l'empereur, et des bûchers de l'inquisition. C'était donc une guerre à mort entre les
deux doctrines ; et, en supposant Ziska moins
féroce que ses partisans (ce qui serait, je l'avoue,
une supposition bien hasardée), il eût perdu tout
ascendant sur *ses anges exterminateurs,* comme
il les appelait, s'il se fût opposé à leurs cruautés. Il ne faut pas oublier que Ziska, absorbé
dans des préoccupations toutes militaires, s'in-
quiétait peu, au fond, de la doctrine ; qu'il per-

sistait à se dire calixtin pour conserver son ascendant sur le juste milieu hussite, qui était le
parti le plus nombreux, sinon le plus énergique
du moment ; enfin, qu'il avait à se maintenir
puissant sur toutes les nuances du hussitisme,
et qu'il y parvint, en tolérant tous les excès,
sans vouloir précisément accepter la responsabilité de ceux mêmes où il avait trempé le plus
activement. Nous n'alléguons pas ces motifs
pour excuser les crimes qui furent commis par
Ziska contre l'humanité. Mais on ne l'a pas accusé de ceux-là seulement, et il faut répéter souvent qu'au moyen-âge, ces sortes de crimes,
qui, Dieu merci, nous paraissent injustifiables
aujourd'hui, n'avaient pas, dans l'esprit des
hommes, la même importance. L'Église avait
donné l'exemple. Elle, la gardienne des charitables et miséricordieuses inspirations du christianisme, la loi suprême, la justice idéale proclamée souveraine de toutes les justices maté-

rielles des pouvoirs constitués, elle avait allumé les bûchers, inventé les tortures, proclamé la croisade contre les dissidents. Les moralistes de l'Église auraient donc eu bien mauvaise grâce à reprocher à Ziska le crime de lèse-humanité. Aussi les historiens catholiques ont-ils tenté de lui imputer des crimes de lèse-patriotisme, pensant que le premier ne le rendrait pas assez odieux à la postérité. Ils ont insisté sur son vandalisme, sur la ruine des monuments et des bibliothèques, la gloire et la lumière du pays. Je crois qu'il est des époques où ces actes de vandalisme sont plus que justifiables, et on les a comparés souvent à la résolution du capitaine de navire qui fait jeter à la mer les richesses de sa cargaison pour sauver son équipage dans la tempête. Je viens de prouver que, sans cette dévastation, les Bohémiens n'eussent pu résister six mois à l'ennemi. On verra que, grâce à elle, ils lui résistèrent, pendant quatorze ans, avec une énergie et des ressources incroyables.

Mais il est une autre accusation grave qui pèse sur Ziska, et qu'il faut encore examiner. Afin de le peindre comme le chef infâme d'une poignée de scélérats, afin de lui ôter son caractère terrible, et pourtant sacré, de chef du peuple et de représentant de sa patrie, on l'a montré, surtout dans les premiers temps de son entreprise, portant l'épouvante et la désolation chez ses propres compatriotes, chez ses coreligionnaires; on a affecté de peindre la haine et la terreur de certaines provinces qui résistèrent d'abord à son impulsion, et qu'il n'entraîna que par la violence. Ses apologistes ont vainement essayé de nier ou d'atténuer ses ravages dans les champs de la Bohême : nous les croyons certains, mais nous les comprenons ainsi :

Il ne s'agissait pas seulement pour Ziska de faire la guerre aux armées de Sigismond; il fallait la faire d'abord aux partisans de la monar-

chie, aux courtisans de la domination étrangère;
et des populations entières, celles qui jouissaient, comme nous l'avons dit plus haut, de
certains bénéfices de conquête ou de certains
priviléges agricoles et industriels, faisaient cause
commune avec leurs seigneurs catholiques. Il y
a plus : dans les premiers temps de l'insurrection, les paysans ne comprirent pas la mission
des Taborites, et voulurent rester dans l'inaction. Quelque pauvre et accablé que soit le mer-
cenaire, quelque humilié que soit le serf, on ne
le surprend pas toujours dans une velléité de
révolte et de courage. L'esclave s'habitue à sa
chaîne, l'indigent aime son toit de chaume, et
la crainte d'être plus mal l'empêche souvent de
désirer mieux. Les prêtres taborites arrivaient
dans les campagnes, prêchant la parole du
Christ à ses disciples : « Levez-vous, *quittez vos
filets*, et suivez-moi. » Ziska ajouta en vrai
condottiere : « Cédez vos huttes, votre vaisselle

de terre, votre maigre repas, et le bétail dont on vous a confié la garde, et les armes dont on vous a munis contre nous, à mes soldats, à mes enfants; car ils sont l'épée flamboyante de l'ange, ils sont la trompette du jugement dernier. Ils viennent pour punir vos maîtres et briser votre joug. Vous leur devez secours et assistance, amour et respect. » Le serf était souvent sourd à ce langage, et répondait : « Si vous venez de la part de Dieu, respectez au moins le prochain. Vous nous compromettez auprès de nos maîtres; vous nous ruinez. Vous êtes trop nombreux pour vivre de notre pain; vous ne l'êtes pas assez pour nous défendre quand les prêtres et les seigneurs viendront nous accabler. Retirez-vous, ou bien nous nous défendrons, nous vous traiterons comme des brigands. »

De là des luttes sanglantes; des villages, des villes mêmes qui n'avaient pas reçu les troupes impériales et qui n'avaient pas fait profession

de foi catholique, furent réduites en cendres,
horriblement saccagées et les habitants massa-
crés, parce qu'ils avaient refusé de marcher à
la défense du pays. Ces terribles exécutions militaires assurèrent les desseins de Ziska. Tous
les récalcitrants énergiques furent anéantis.
Tous ceux qui se rendirent grossirent l'armée
taborite. Ruinés, détachés de tout lien avec
l'ancienne société, réduits à errer en mendiants
sur une terre dévastée, ils n'eurent plus d'autre
refuge que Tabor, cette cité étrange où, après
avoir accompli des œuvres de sang, une société
nouvelle se retirait pour prier avec enthousiasme, et pour pratiquer, avec une sainte ferveur la loi d'une égalité fraternelle et d'une
communauté idéale. « La maison est brûlée, disait Ziska, mais le temple est ouvert. La famille
est dispersée par le glaive, qu'elle se reforme
sous la parole de Dieu. Ici les veuves trouve-
ront de nouveaux époux, et les orphelins des

pères plus sages et des appuis plus sûrs que
ceux qu'ils ont perdus. » C'est ainsi que, de gré
ou de force, il entraîna les populations à sa
suite. Il commençait par leur envoyer ses
prêtres, et quand leur prédication avait échoué,
il arrivait avec ses implacables sommations et
ses sentences vengeresses. En peu de temps
l'agriculture fut détruite, l'industrie paralysée ;
les champs devinrent stériles, les bourgades où
l'ennemi eût pu se reposer des monceaux de
ruines, les bois et les montagnes peuplés d'invi-
sibles défenseurs, chaque buisson du chemin
une tanière pour le partisan aux aguets. Les
seigneurs catholiques n'osaient plus sortir de
leurs châteaux. Les garnisons impériales se tenaient muettes et consternées derrière leurs
remparts. Prague et les villes royales se deman-
daient avec effroi ce qu'elles allaient devenir, et se
perdaient en discussions théologiques, ou en propositions d'accommodement avec la couronne

sans oser se défendre. La Bohême était rui-
née. Sigismond riait de sa détresse et ne se
pressait pas d'arriver, pensant que les divers
partis allaient lui aplanir le chemin en s'en-
tre-dévorant. Mais Tabor était riche, Tabor se
fortifiait. L'armée de Tabor grossissait tous les
jours et s'endurcissait au métier des armes.
Et quand le juste milieu se plaignait à Ziska du
dommage qu'il lui avait causé, Ziska montrait
Tabor et disait : » Le salut est là, faites-vous
Taborites. Vous ne voulez pas souffrir, vous
autres? Nous voulons bien combattre pour
vous ; mais le moins qu'il en puisse arriver,
c'est que votre repos et votre bien-être en
soient un peu troublés. Faites comme nous, ou
laissez-nous faire. »

Tel fut le rôle de Ziska. Un temps arriva où
tous le comprirent et plièrent sous sa volonté,
fanatiques et tièdes, Taborites et Calixtins.
Mais n'anticipons pas sur les événements, et sui-
vons un peu la marche des premières luttes.

6

Les habitants des villes de Prague s'intitulaient, pour la plupart, *Calixtins*; à Rome on les appelait par dérision *Hussites clochants*, *parce qu'ils avaient abandonné Jean Huss en plusieurs choses*; à Tabor on les appelait *faux Hussites*, parce qu'ils se tenaient à la lettre de Jean Huss et de Vickleff plus qu'à l'esprit de leur prédication. Quant à eux, Calixtins, ils s'intitulaient *Hussites purs*. En 1420 ils avaient formulé leur doctrine en quatre articles : 1° *la communion sous les deux espèces ;* 2° *la libre prédication de la parole de Dieu ;* 3° *la punition des péchés publics ; la confiscation des biens du clergé,* et l'abrogation de tous ses pouvoirs et priviléges *.

Ils envoyèrent une députation à Tabor pour aviser aux moyens de se débarrasser de la reine qui, avec quelques troupes, tenait encore le *Petit-Côté* de Prague. On a conservé textuellement la réponse des Taborites à cette députation. « Nous vous plaignons de n'avoir pas la « liberté de communier sous les deux espèces,

---

* Ces quatre articles étaient une protestation plus politique que religieuse. Les trois articles relatifs en apparence à la religion ne sont qu'une attaque de fait contre le pouvoir temporel et la richesse du clergé. Celui qui réclame la punition *des péchés publics* ne tend qu'à remettre les causes judiciaires et la répression des attaques contre la société nationale aux mains de magistrats élus par la nation, et non aux délégués du prince et de l'Église.

« parce que vous êtes commandés par deux for-
« teresses. Si vous voulez sincèrement accepter
« notre secours, nous irons les démolir, nous
« abolirons le gouvernement monarchique, et
« nous ferons de la Bohême une république..»
Il me semble qu'il ne faut pas commenter longuement cette réponse pour voir que le rétablissement de la coupe n'était pas une vaine subti-
lité, ni le stupide engouement d'un fanatisme
barbare, comme on le croit communément,
mais le signe et la formule d'une révolution fon-
damentale dans la société constituée.

La proposition fut acceptée. Le fort de Wish-
rad fut emporté d'assaut. De là, commandés
par Ziska, les Praguois et les Taborites allèrent
assiéger le *Petit-Côté*. Il y avait peu de temps
qu'on faisait usage en Bohême des bombardes.
Les assiégés portaient, à l'aide de ces machines
de guerre, la terreur dans les rangs des Hussites.
Mais les Taborites avaient appris à compter sur

leurs bras et sur leur audace. Ils forcèrent le
pont qui était défendu par un fort appelé la Maison de Saxe (Saxen Hausen) et posèrent le siège
au milieu de la nuit, devant le fort de Saint-
Wenceslas. La reine prit la fuite. Un renfort
d'Impériaux, qui était arrivé secrètement, défendit la forteresse. Le combat fut acharné. Les
Hussites étaient maîtres de toute la ville ; encore
un peu, et la dernière force de Sigismond dans
Prague, le fort de Saint-Wenceslas, allait lui
échapper. Mais les grands du royaume intervin-
rent, et, usant de leur ascendant accoutumé sur
les Hussites de Prague, les firent consentir à une
trève de quatre mois. Il fut convenu que pendant cet armistice les cultes seraient libres de
part et d'autre, le clergé et les propriétés respectés, enfin que Ziska restituerait Pilsen et ses
autres conquêtes.

Ziska quitta la ville avec ses Taborites, résolu
à ne point observer ce traité insensé. Le sénat

de Prague reprit ses fonctions ; mais les catholiques qui s'étaient enfuis durant le combat n'osèrent rentrer, *craignant la haine du peuple.* Sigismond écrivit des menaces ; Ziska reprit ses courses et ses ravages dans les provinces.

La reine ayant rejoint son beau-frère Sigismond à Brunn en Moravie, ils convoquèrent une diète des prélats et des seigneurs, et écrivirent aux Praguois de venir traiter. La noblesse morave avait reçu l'empereur avec acclamations. Les députés hussites arrivèrent et communièrent ostensiblement sous les deux espèces, dans la ville, qui fut mise en interdit, c'est-à-dire privée de sacrements tout le temps qu'ils y demeurèrent, étant considérée par le clergé papiste comme souillée et empestée. Puis ils présentèrent leur requête, c'est-à-dire leurs quatre articles, à Sigismond qui se moqua d'eux. *Mes chers Bohémiens,* leur dit-il, *laissez cela à part, ce n'est point ici un concile.* Puis il leur donna

ses conditions par écrit : qu'ils eussent à ôter les
chaînes et les barricades des rues de Prague, et
à porter les barres et les colonnes dans la forteresse; qu'ils abattissent tous les retranchements
qu'ils avaient dressés devant Saint-Wenceslas ;
qu'ils reçussent ses troupes et ses gouverneurs;
enfin qu'ils fissent une soumission complète,
moyennant quoi il leur accorderait amnistie générale et les gouvernerait à la façon de l'empereur son père, *et non autrement.*

Les députés rentrèrent tristement à Prague
et lurent cette sommation au sénat. Les esprits
étaient abattus, Ziska n'était plus là. Les catholiques s'agitaient et menaçaient. On exécuta de
point en point les ordres de Sigismond. Les chanoines, curés, moines et prêtres rentrèrent en
triomphe protégés par les soldats impériaux.

Ceux des Hussites qui n'avaient pas pris part
à ces lâchetés sortirent de Prague, et se rendirent tous à Tabor. Ils furent attaqués en che-

min par quelques seigneurs royalistes, et sortirent vainqueurs de leurs mains après un rude
combat. Une partie alla trouver Nicolas de Hussinetz à Sudomirtz, l'autre Ziska à Tabor. Ces
chefs les conduisirent à la guerre, et leur firent
détruire plusieurs places fortes, ravager quelques villes hostiles. Sigismond écrivit aux Praguois pour les remercier de leur soumission et
pour intimer aux catholiques l'ordre d'*extermi-
ner absolument tous les Wicklefistes, Hussites,
et Taborites*. Les papistes ne se firent pas prier,
exercèrent d'abominables cruautés, et la Bohême fut un champ de carnage.

Cependant *nul n'osa attaquer Ziska avant
l'arrivée de l'empereur*. Sigismond n'osait pas
encore se montrer en Bohême. Il alla en Silésie
punir une ancienne sédition, faire trancher la
tête à douze des révoltés, et tirer à quatre chevaux dans les rues de Breslaw Jean de Crasa,
prédicateur hussite, que l'on compte parmi les

martyrs de Bohême; car l'hérésie a ses listes de saints et de victimes comme l'Eglise primitive, et à d'aussi bons titres.

L'empereur fit afficher *la Croisade de Martin V* contre les Hussites. Ces folles rigueurs produisirent en Bohême l'effet qu'on devait en attendre. Le moine prémontré *Jean*, que nous avons déjà vu dans les premiers mouvements de Prague, revint, à la faveur du trouble, y prêcher le carème. Il déclama vigoureusement contre l'empereur et le baptisa d'un nom qui lui resta en Bohême, *le cheval roux de l'Apocalypse.* « Mes chers Praguois, disait-il, souvenez-vous de ceux de Breslaw et de Jean de Crasa. » Le peuple assembla la bourgeoisie et l'université, et jura entre leurs mains de ne jamais recevoir Sigismond, et de défendre la nouvelle communion jusqu'à la dernière goutte de son sang. Les *hostilités recommencèrent à la ville et à la campagne.* On écrivit des lettres circulaires dans tout le royaume. Partout le même serment fut proféré et monta vers le ciel.

Sigismond se décida enfin pour la guerre ouverte. Il leva des troupes en Hongrie, en Silésie, dans la Lusace, dans tout l'Empire.

Albert, archiduc d'Autriche, à la tête de quatre mille chevaux, renforcé par d'autres troupes considérables et par le *capitaine de Moravie*, fut le premier des Impériaux qui affronta le *redoutable aveugle*. Ziska les battit entre Prague et Tabor ; puis, sans s'attarder à leur poursuite il alla détruire un riche monastère que nous mentionnons dans le nombre à cause d'un épisode. De l'armée de vassaux qui le défendaient il ne resta que six hommes, *lesquels se battirent jusqu'à la fin comme des lions*. Ziska, émerveillé de leur bravoure, promit la vie à celui des six qui tuerait les cinq autres. Aussitôt *ils se jetèrent comme des dogues les uns sur les autres. Il n'en resta qu'un qui, s'étant déclaré Taborite, se re-*

*tira à Tabor et y communia sous les deux espè-
ces en témoignage de fidélité.*

Cependant les Hussites de Prague assiégeaient
la forteresse de Saint-Wenceslas. Le gouver-
neur feignit de la leur rendre, pilla et emporta
tout ce qu'il put dans le château, et se retira en
laissant la place à son collègue Plawen; de
sorte qu'au moment où les assiégeants s'y jé-
taient avec confiance, ils furent battus et repoussés. Cependant Ziska arrivait. Il s'arrêta le
lendemain non loin de Prague pour regarder
quelques Hussites qui détruisaient un couvent
et insultaient les moines. « *Frère Jean*, lui dirent-ils, *comment te plaît le régal que nous faisons à ces comédiens sacrés?* » Mais Ziska, qui
ne se plaisait à rien d'inutile, leur répondit en
leur montrant la forteresse de Saint-Wenceslas:
« *Pourquoi avez-vous épargné cette boutique de
chauves (calvitia officina)?* — Hélas! dirent-

ils , nous en fûmes honteusement chassés hier.
— Venez donc , » reprit Ziska,

Ziska n'avait avec lui que trente chevaux.
Il entre , et à peine a-t-on aperçu sa grosse
tête rasée , sa longue moustache polonaise
et ses yeux à jamais éteints, qui , dit-on , le
rendaient plus terrible que la mort en personne, que les Praguois se raniment et se
sentent exaltés d'une rage et d'une force nouvelles. Saint - Wenceslas est emporté, et Ziska
s'en retourne à Tabor en leur recommandant
de l'appeler toujours dans le danger.

A peine a-t-il disparu, qu'un renfort d'Impériaux arrive et reprend la forteresse. Ziska avait
réellement une puissance surhumaine. Là où il
était avec une poignée de Taborites, là était la
victoire, et quand il partait il semblait qu'elle
le suivit en croupe. C'est que l'âme et le nerf
de cette révolution étaient en lui, ou plutôt à
Tabor ; car il semblait qu'il eût toujours besoin ,

après chaque action, d'aller s'y retremper ; c'est
que chez les Calixtins il n'y avait qu'une foi
chancelante, des intentions vagues, un sentiment d'intérêt personnel toujours prêt à céder à
la peur ou à la séduction, une politique de juste
milieu.

Un chef taborite, convoqué à la guerre *sans
quartier* par les circulaires de Ziska, vint attaquer Wisrhad que les Impériaux avaient repris. Il fut repoussé et aurait péri avec tous les
siens si Ziska ne se fut montré. Les Impériaux, qui avaient fait une vigoureuse sortie,
rentrèrent aussitôt. Ziska fut reçu cette fois à
bras ouverts dans la ville. Le clergé, le sénat
et la bourgeoisie accouraient au devant de lui,
et emmenaient les femmes et les enfants taborites dans leurs maisons pour les *héberger et les
régaler.* Ses soldats couraient les rues, décoif-
fant les dames catholiques et coupant les moustaches à leurs maris. Plusieurs villes se décla-

rèrent taborites*, et envoyèrent leurs hommes à Prague pour offrir leurs services à l'*aveugle*. Un nouveau renfort était arrivé à Wisrhad, et l'empereur s'avançait à grandes journées. Ziska fit établir des lignes depuis le couvent de Sainte-Catherine (qu'on venait d'abattre), jusqu'à la Moldaw, cerner la forteresse pour empêcher tout secours de troupes et de vivres, couper tous les arbres de l'archevêché afin de découvrir les mouvements de l'ennemi, et les Praguois renouvelèrent avec transport le serment de ne jamais recevoir Sigismond.

* *Launi, Zatec* et *Slan,* dont il sera parlé depuis et qui furent mises au rang des villes sacrées de la prédiction.

7

Les forteresses de Prague qui tenaient pour l'empereur paraissaient imprenables, et, comptant sur l'approche de l'armée impériale, se riaient des préparatifs de cette populace. La garnison de Wisrhad regardait tranquillement les femmes et les enfants qui travaillaient jour et nuit à creuser un large fossé entre le fort et la ville. « *Que vous êtes fous!* leur disaient-ils du haut de leurs murailles; *croyez-vous que des fossés vous puissent séparer de l'empereur? vous feriez mieux d'aller cultiver la terre.* »

Cependant les Taborites n'étaient plus seulement le corps d'armée campé à Tabor ; c'était une secte nombreuse et puissante. Plusieurs villes prenaient le nom de taborites, et la nouvelle doctrine se répandait dans toute la Bohême. Cette prétendue nouvelle doctrine, que les Calixtins accusaient de renchérir par trop sur les hardiesses de Jean Huss, n'était qu'un retour aux prédications des Vaudois, bien antérieures à celles de Jean Huss et de Wicklef lui-même. Nous verrons bientôt leurs *articles*. En attendant Sigismond, une vive fermentation des esprits amena beaucoup de ces phénomènes de l'extase que l'on retrouve dans toutes les insurrections religieuses. L'enthousiasme pa-

triotique vibra sous cette pression du véritable
magnétisme, de la foi, et des populations entières se levèrent à l'appel des nouveaux prophètes pour courir à la guerre sainte. La grande
prophétie taborite qui fanatisa la Bohême à
cette époque fut l'annonce de la prochaine arrivée de Jésus-Christ sur la terre. Il devait revenir juger les hommes sur les ruines de tous
les royaumes, et, par les armes des Taborites,
établir un nouveau règne, ce *règne de Dieu*,
cette république idéale, cette société fraternelle
promis par les évangélistes et les apôtres, et
auxquels les premiers adeptes du christianisme
ont cru dans un sens matériel). Toutes les villes
de la Bohême seraient alors ensevelies sous la
terre, à la réserve de cinq qui devaient se montrer toujours pures et fidèles. Ces cinq villes reçurent des noms mystiques. Pilsen fut appelée
le Soleil, Launi *la Lune*, Slan *l'Étoile*, Glato ou
Klattaw *l'Aurore*, Zatek *Segor*. Les prêtres

exhortaient le peuple à éviter la colère de Dieu
qui allait fondre sur tout l'univers, et à se retirer dans les *cinq villes sacrées* ou *villes de refuge*. Beaucoup de riches bohémiens et moraves vendirent tous leurs biens à bas prix, et,
à l'exemple des premiers chrétiens, s'en allèrent avec leurs familles en porter l'argent à la
grande famille taborite.

Voilà l'impulsion ardente qui devait rendre
ces hommes invincibles tant qu'elle brûlerait
dans leurs âmes; et voilà ce que l'empereur ne
prévoyait pas, ce que les soldats de ses forts ne
comprenaient pas : ils riaient, derrière leurs
murs inexpugnables, des fortifications des Taborites, faites de leurs chariots, dont ils for-
maient des barricades pour s'enfermer, et des
lignes mobiles pour attaquer à couvert. Chaque
famille taborite arrivait à Prague avec le sien
portant vieillards, femmes et enfants, tous intrépides et aguerris. Ce chariot devenait le rempart

et l'arsenal de la famille. On combattait derrière; on s'y retranchait, blessé; on le poussait avec fureur sur les fuyards : c'était une excellente arme de guerre. Les Impériaux appri-
rent bientôt à la redouter.

Enfin, au mois de juin de cette même année
(1420) Sigismond entra en Bohême, à la tête
de cent quarante mille hommes, commandés
par l'électeur de Brandebourg, les deux marquis de Misnie, l'archiduc d'Autriche et les
princes de Bavière. Il fut bien reçu à Kœningsgratz, ville catholique et royaliste, apanage des
reines de Bohême, et où il avait toujours tenu
de fortes garnisons. Tous les seigneurs catholiques de la Moravie et de la Silésie venaient
derrière lui. Tous ceux de la Bohême allèrent à
sa rencontre. Ulric de Rosemberg, qui, jusqu'a-
lors, avait été uni à Ziska, soit que le meurtre
et la ruine de ses parents l'eussent aigri contre
les Taborites, soit que l'empereur eût réussi à

le gagner, comme le fait est assez prouvé, soit
enfin, que son esprit fût frappé d'une épouvantable vision qu'il eût à cette époque, et dans laquelle, il vit Jésus-Christ, Jean Huss, saint
Wenceslas et saint Adalbert lui apparaître
dans une fantasmagorie tragique, alla abjurer le
hussitisme entre les mains du légat du pape, et
rejoindre l'empereur avec cinq cents cavaliers.
Son premier exploit fut d'enlever une ville hussite et d'en raser les murailles; mais, ayant été
défier Ziska au pied du mont Tabor, il y fut
reçu et taillé en pièces par Nicolas de Hussinets.
Ainsi, il rejoignit l'empereur non en vainqueur,
mais en fugitif; et ce premier fait d'armes
malheureux fut d'un mauvais augure pour l'armée impériale.

Cette formidable armée manquait précisément de l'union et de l'*idée* qui faisaient la force
des Hussites. Les princes qui la commandaient
s'étaient fait de mortelles injures, et fraîchement

réconciliés pour cette expédition, ne s'en haïssaient pas moins. L'empereur les méprisait tous
assez volontiers, eux et leurs sujets. Il avait un
profond dédain pour les Moraves, les Silésiens,
les Hongrois, enfin pour tous ceux de la race
slave. Quant aux hordes de mercenaires qui
faisaient le gros de l'armée, on n'avait pas de
quoi les payer; et le pillage, sur lequel ces sortes
de troupes comptaient, venant à leur manquer,
grâce aux précautions de Ziska, qui avait ra-
vagé le pays d'avance, l'armée impériale était
déjà mécontente avant d'avoir tiré l'épée.

Cependant elle arriva sans encombre sous les
murs de Prague. Les villes lui ouvraient leurs
portes, et elle n'y trouvait que des catholiques,
empressés de la recevoir. Tous les Hussites
étaient à Prague, et Sigismond n'en put saisir
que vingt-quatre à Litomeritz, qu'il fit jeter
dans l'Elbe. La ville sacrée de Slan elle-même
lui ouvrit ses portes; mais il n'osa y entrer,

craignant une embûche. Enfin, étant arrivé devant Prague, le 30 juin, il essaya d'abord une
guerre d'escarmouches, dans laquelle il perdit
beaucoup de monde, et le 11 juillet, il se décida
à livrer un assaut général. *Les Taborites se battirent en désespérés pour leurs autels et leurs
foyers.* Les troupes impériales réussirent à
s'emparer du *Petit-Côté.* Un corps de Hongrois
se porta dans le grand enclos de l'archevêché;
mais les Taborites, venant renforcer les habitants de Prague sur tous les points compromis,
décidèrent la victoire, et repoussèrent les Impériaux jusqu'à la Moldaw. Ziska, qui se gardait
assez ordinairement pour les coups décisifs, se
tenait retranché et bien fortifié, avec l'élite de
ses Taborites, sur une haute montagne, à l'o-
rient de la *nouvelle ville,* près du gibet de Prague*. Les Allemands, voyant en lui le destin de

---

* Ce lieu porte encore le nom de *Montagne de Ziska.*

la bataille, allèrent l'y attaquer avec la résolution de le forcer. L'infanterie saxonne coupa les
fascines, combla les fossés, et fraya le chemin à
la cavalerie. Ziska se défendait terriblement. Le
robuste et intrépide vigneron Robyck combattit
à ses côtés et repoussa plusieurs fois l'ennemi.
Deux femmes et une jeune fille taborites firent
des prodiges de valeur, et tombèrent percées de
coups, sous les pieds des chevaux, ayant refusé,
à plusieurs reprises, de se rendre. Cependant le
nombre des assiégeants grossissait toujours ; et
Ziska était aux abois, lorsque les Taborites de la
nouvelle ville, conduits par Jean le Prémontré,
qui portait le calice en guise d'étendard s'élancè-
rent à la défense de leur chef, et repoussèrent les
Impériaux avec perte, quoiqu'à chaque instant
l'empereur leur expédiât de nouveaux détache-
ments. Il fallut abandonner l'attaque ce jour-là.
Quelques jours après, la main d'une femme
acheva la défaite des Impériaux. Une Praguoise

taborite s'introduisit, la nuit, dans leur camp, par un grand vent, et mit le feu aux machines de siége. Beaucoup de richesses et d'effets de grand prix furent consumés ; mais ce qui causa la plus grande perte, en cette circonstance, fut l'incendie de toutes les échelles. L'armée impériale fut consternée de ce dernier échec, et l'empereur, effrayé, leva le siège le 50 juillet. *Il avait duré un mois, durant lequel ceux de Prague, pour montrer qu'ils n'avaient pas peur, ne fermaient les portes ni jour ni nuit.* Le jour même de son départ, il fit la misérable bravade de se faire couronner roi de Bohême, dans la forteresse de Saint-Wenceslas, par l'archevêque Conrad. Il créa plusieurs chevaliers, et, en s'en allant, il enleva les trésors que son père et son frère avaient cachés à Carlstein, et les lames d'or et d'argent dont les tombeaux des saints étaient couverts, dans la basilique de Saint-Wenceslas. Il engagea plusieurs villes de

Bohême au duc de Saxe pour payer ses troupes, les joyaux de la couronne à des banquiers, et les reliques impériales aux Nurembergeois.

La retraite de Sigismond fut désastreuse. Harcelé par les Hussites, de défaite en défaite, il regagna la Hongrie, licencia ses troupes, et ordonna aux garnisons allemandes qu'il laissait dans les forteresses de Bohême de ravager les terres des seigneurs de Podiebrad dont il avait eu à souffrir particulièrement durant cette malencontreuse croisade. C'est cette intrépide et persévérante famille des Podiebrad qui a donné quelques années plus tard un roi hussite à la Bohême.

Ziska quitta Prague peu après Sigismond, et alla de nouveau travailler à affamer l'armée impériale lorsqu'il lui plairait de revenir; c'est à dire qu'il reprit son système de ravage et d'extermination, ne perdant pas un seul jour pour cette œuvre de patriotisme infernal, ne

laissant pas refroidir un instant la sanglante
ferveur de ses Taborites.

Pendant son absence, les Praguois continuè-
rent à attaquer les forteresses de Wisrhad et
de Saint-Wenceslas qui, toujours garnies d'Impériaux et munies de machines de guere, n'o-
saient remuer et se bornaient à la défensive.
Une nuit, les Taborites de la nouvelle ville ayant
échoué devant Wisrhad et se retirant en désordre, trouvèrent les portes de la nouvelle ville
fermées derrière eux, par ordre du sénat. Si la
garnison impériale eût osé se hasarder quelques pas plus loin, cette courageuse phalange
de Taborites eût été anéantie. Elle ne dut son
salut qu'à la timidité des Impériaux, qui rentrèrent dans leur fort sans se douter que l'ennemi était à leur merci. Le lendemain, ces Taborites, indignés de la perfidie du sénat, rem-
plirent la ville de leurs imprécations, et tous
les Taborites de Prague se préparèrent à aban-

donner cette lâche cité pour laquelle ils avaient
versé leur sang et qui les immolait aux terreurs
de son juste-milieu. Le Prémontré fit comprendre au peuple que son salut était dans les Taborites. La bourgeoisie, effrayée, convoqua les
prêtres, les magistrats et les principaux citoyens.
Le moine se chargea de porter la parole pour
cette réconciliation. Amende honorable fut faite
aux Taborites. Le sénat protesta que les portes
avaient été fermées par inadvertance. On con-
jura les défenseurs de la liberté de rester dans
Prague. Malgré les larmes et les prières de la
peur, un grand nombre de Taborites plièrent
bagage, secouèrent la poussière de leurs pieds,
remontèrent sur leurs chariots, et s'en allèrent,
la *monstrance* en tête, rejoindre Ziska et le renforcer dans ses excursions.

Il leur donna autant d'ouvrage qu'ils en pouvaient désirer. Arrivé devant Prachatitz, où il
avait fait ses premières études, il offrit sa pro-

tection à cette ville, à condition qu'elle chas-
serait les catholiques. Mais ces derniers, qui
étaient en nombre, lui firent répondre *qu'ils ne
craignaient guère un mince gentilhomme tel
que lui.* Le redoutable aveugle leur fit chère-
ment expier cette impertinence. Il s'empara
de la ville en un tour de main, fit sortir les
femmes et les enfants, égorgea tous les catholiques, et mit le feu à l'église où s'était réfugié
le juste-milieu; huit cents personnes périrent
sous les décombres.

Le 15 de septembre, les Taborites, les Orébites et *ceux des villes sacrées, ayant à leur
tête des chefs d'une valeur éprouvée,* recommencèrent le siège du fort de Wisrhad. La garnison, épuisée et découragée, écrivit à l'empereur
qu'elle ne pouvait tenir plus d'un mois, et n'en
reçut que des promesses. Nicolas de Hussinets
intercepta les vivres, et les lettres que l'empereur envoya enfin pour annoncer son arrivée.

Réduits à la dernière extrémité, ceux de Wisrhad ayant tenu encore cinq semaines, et mangé *six-vingts chevaux, des chiens, des chats
et des rats,* envoyèrent leurs officiers aux Praguois pour capituler. Il fut convenu qu'on se
tiendrait tranquille de part et d'autre pendant
quinze jours, et que le seizième, si l'empereur
n'envoyait point de vivres, la garnison se rendrait aux Hussites sans coup férir.

Pendant ce temps, Sigismond ayant assemblé une nouvelle armée, s'arrêtait à Cuttemberg. Sa majesté Impériale, plongée dans une
profonde mélancolie, *tâchait de divertir son
chagrin avec des instruments de musique.* Un
autre délassement était d'envoyer ses *hussards*
incendier et massacrer, sans épargner ni femmes
ni enfants, sur les terres des seigneurs bohêmes
qui avaient embrassé le hussitisme. Il parle-
menta avec les députés praguois, essaya de les
tromper, et finit par les menacer avec sa bru-

talité ordinaire, qui l'emportait encore sur ses
instincts de ruse et de fraude. Enfin, le 31 octobre, il parut devant Prague avec une armée
qu'il avait fait venir de Moravie. Il se montra
sur une colline voisine de Wisrhad, l'épée à la
main, donnant ainsi à la garnison le signal du
combat. Mais il était trop tard d'un jour ; le
terme de la convention était expiré de la veille.
Ceux *de Wisrhad, en gens de parole,* et tou-
chés de la foi que les Taborites leur avaient
gardée en les laissant tranquilles durant la trêve,
ne répondirent pas au signal de l'empereur. Un
morne silence planait sur la forteresse. Ces malheureux soldats, épuisés par la faim et les maladies, restaient comme des spectres autour de
leurs créneaux, immobiles témoins du combat
qui s'engageait sous leurs yeux. L'empereur,
stupéfait d'abord, entra bientôt dans un grande
fureur ; et comme ses officiers, admirant avec
tristesse les ingénieuses fortifications des Tabo-

rites, l'engageaient à ne pas exposer sa personne et son armée dans une entreprise impossible : « Non, non, s'écria-t-il, je veux châtier ces *porte-fléaux* — Ces fléaux sont fort redoutables, reprit un des généraux.—Ah! vous autres Moraves, s'écria Sigismond hors de lui, je vous savais bien poltrons, mais pas à ce point! » Aussitôt les cavaliers descendant de cheval : « Vous allez voir, dirent-ils, que nous irons où vous n'irez pas. » Ils se jetèrent au-devant de ces *fléaux de fer que l'empereur avait si fort méprisés*, et il n'en revint pas un seul. Les Hongrois, voulant les venger, eurent à dos ceux des villes sacrées et prirent la fuite. L'empereur piqua des deux et s'échappa à grand'peine. Les Praguois les poursuivirent et ne firent quartier à aucun de ceux qu'ils purent joindre. *La plus grande partie de la noblesse de Moravie y demeura.* Plus de trois cents grands seigneurs bohêmes du parti de l'empereur restèrent là qua-

tre jours sans sépulture, abandonnés aux chiens.
L'infection fut horrible. Un chef hussite, *touché
de compassion du sort de tant de braves gens,*
les fit enterrer à ses frais dans le cimetière de
Saint-Pancrace.

Le jour de cette seconde victoire fut clos par
une scène touchante. La garnison de Wisrhad,
fidèle à son serment, se rendit à ceux de Prague avec toutes les machines de guerre de la citadelle. Les assiégeants reçurent les assiégés à
bras ouverts. Ils se hâtèrent d'assouvir la faim
qui les dévorait depuis si longtemps, et leur
donnèrent des vêtements, des vivres à emporter, *et tout ce qui leur était nécessaire pour se retirer en bon état et en bon ordre.* Le lendemain,
au point du jour, ou vit la population en masse
inonder la citadelle, non pour la fortifier, mais
pour la détruire. Il fallait anéantir cette place
meurtrière, arme si sûre et si redoutable aux
mains de l'ennemi; ce fut l'affaire de deux jours.

Elle avait duré sept cents ans, et devint un jardin potager. Le 3 novembre, les Praguois allèrent en procession sur le champ de bataille, et rendirent grâces à Dieu dans leurs hymnes bohémiens.

L'empereur se vengea de sa défaite en ravageant les terres des Podiebrad. Un seul de ces seigneurs avait refusé jusque-là d'adhérer au hussistime. Il courut à Prague embrasser la doctrine. Tel devait être l'effet des violences de Sigismond. L'empereur se retira, après avoir fait tout le mal possible au pays, où il exerça des cruautés pires que toutes celles de Ziska. Celui-ci épargnait du moins, autant que possible, les femmes et les enfants, et recevait à merci tous ceux qui se rendaient sincèrement. Sigismond n'épargnait rien, et, dans sa rage aveugle, immolait ensemble amis et ennemis. Les Orébites firent peser sur les couvents d'horribles représailles. Ceux des moines qu'ils ne brûlaient pas, ils les laissaient enchaînés sur la glace, pour les faire périr de froid.

Après leur victoire, les Praguois, *n'ayant plus rien que de funeste à attendre de la part de Sigismond* assemblèrent les principaux seigneurs, afin d'élire un autre roi, et ceux-ci se déclarèrent pour Jagellon, roi de Pologne, chrétien de fraîche date, qui semblait ne devoir pas les inquiéter dans leur religion. Mais les Orébites et les Taborites repoussèrent vivement cette proposition. *A peine avons-nous chassé un roi étranger*, disait Nicolas de Hussinets (l'intrépide associé de Ziska) *que vous en demandez un second.* Indigné de leur dessein, il fit sortir de Prague tous ses Taborites, et s'en alla avec eux assiéger et battre les villes impériales de l'intérieur.

Cependant il rentra peu après dans la capitale avec des intentions énergiques. Les Orébites n'étaient pas moins mécontents que lui du juste-milieu hussite. A peine le danger était-il passé, que

les Calixtins, mécontents de la vie austère qu'entraînait pour eux le système dévastateur de Jean
Ziska, oubliaient qu'ils devaient leur salut à sa
science militaire, à sa bravoure, et à l'élan irré-
sistible de ses fougueux disciples. Ils affectaient
alors une grande horreur pour les cruautés com-
mises envers les moines, et cette compassion,
qui eut honoré des âmes sincères, n'était qu'une
hypocrite défection, chez un parti qui se portait aux mêmes excès quand il croyait à l'impuni-
nité. Les sectes ardentes s'étant rencontrées
sous les murs d'une ville catholique avec des
assiégeants calixtins, ceux-ci affectèrent de communier en grand appareil, et leurs prêtres portèrent l'Eucharistie, revêtus de riches ornements.
C'était scandaliser ces austères réformateurs,
qui voulaient effacer toute trace des pompes de
l'ancien culte, et abolir toute suprématie temporelle du clergé. Ils se jetèrent sur les prêtres
calixtins : *A quoi servent*, leur dirent-ils, *ces*

habits de comédiens? Quittez-les, et communiez
avec nous sans ces oripeaux, ou nous vous les arra-
cherons. Quelques chefs des deux partis apai-
sèrent cette querelle ; mais Nicolas de Hussinets
marcha sur Prague, et enjoignit, avec menaces,
à la communauté calixtine de préposer autant
de Taborites que de Praguois à la garde des tours
et aux délibérations des conseils. Ceux de Prague répondirent naïvement que, l'ennemi étant
loin, ils n'avaint que faire d'être si bien gardés
et si bien conseillés. On se querella particulièrement sur les opinions religieuses, et c'est alors
qu'on s'aperçut d'une dissidence d'opinion alar-
mante pour les modérés. L'aigreur en arriva
au point qu'il fallut entrer en délibération sé-
rieuse pour un accommodement. On convoqua
les représentants de tous les partis dans l'église
de Saint-Ambroise. Ceux des deux villes de Prague eurent pour chacun leur place à part, et les
Taborites également ; seulement on défendit

qu'il y eût là ni femmes ni prêtres. Les Taborites avaient de grandes idées d'émancipation pour
leurs femmes, les admettant à une égalité de
condition et de discussion, qu'elles justifiaient
bien par leur conduite héroïque jusque sur les
champs de batailles. En outre, ils avaient pour
leurs prêtres une vénération extrême : les ayant
dépouillés de tout caractère temporel, et de tout
privilége social, ils les regardaient comme des
saints et comme des anges, et il fallait que ces
prêtres fussent tels en effet pour dominer par
le seul ascendant moral. Ils furent donc très
irrités de cette exclusion de leurs prêtres et de
leurs femmes d'une conférence décisive, et voulurent se retirer ; mais comme Nicolas de Hussinets sortait de la ville un des premiers, son
cheval tomba dans une fosse et lui cassa la jambe.
On le rapporta dans Prague, et on le déposa
dans la maison abandonnée ou conquise des
seigneurs de Rosenberg. Il y mourut de la gan-

grène, ce qui jeta les Taborites dans une grande
consternation. Ils perdaient en lui un grand
appui, et un chef redoutable aux partis contraires. Ziska, qui avait voulu jusque-là n'être
censé que le premier après lui, fut proclamé
général en chef des Taborites.

Enfin l'assemblée fut fixée et acceptée de part
et d'autre. L'université, qui était toute calixtine,
y assista, et procéda à la lecture des articles
proclamés par les Taborites, pêle-mêle avec
ceux qu'on leur imputait. Au reste, la plupart
de ces articles méritent d'être rapportés, ne fût-
ce que pour les lectrices qui aiment, avant tout,
la couleur historique. Rien ne montre mieux
l'exaltation à la fois sauvage et sublime des Taborites, et ne résume mieux les doctrines de
l'ÉVANGILE-ÉTERNEL que cette déclaration des
droits divins de l'homme au quinzième siècle.
Leur style mystique est plus éloquent pour peindre la situation à la fois violente et romanesque

de la Bohême à cette époque que le récit des
événements même, et nous prions nos lectrices
de ne point sauter ce chapitre.

8

La Prédiction taborite.

1. « Cette année du Seigneur (1420) sera la consommation du siècle, et la fin de tous les maux. Dans ces jours de vengeance et de rétri- bution tous les ennemis de Dieu et tous les pé- cheurs du monde périront sans qu'il en reste un seul. Ils périront par le fer, par le feu, par les

sept dernières plaies, par la famine, par la dent
des bêtes, par les serpents, les scorpions, et par
la mort comme cela est dit dans l'Ecclésiaste.

« Dans ce temps de vengeance il ne faut donc
avoir aucune compassion ni imiter la douceur
de Jésus-Christ, parce que c'est le temps du
zèle, de la fureur et de la cruauté. Tout fidèle
est maudit s'il ne tire son épée pour répandre le
sang des ennemis de Jésus-Christ et pour y
tremper ses mains, parce que bien heureux est
celui qui rendra à la grande prostituée (l'Église
romaine) le mal qu'elle a fait.

2. « Dans ce temps de vengeance, et longtemps avant le jugement dernier, toutes les villes, bourgs et châteaux, et tous les édifices seront détruits comme Sodome, et Dieu n'y entrera
point, ni aucun juste.

3. « Dans ce temps-là, il ne resta que cinq
villes (les villes sacrées désignées plus haut) où
les fidèles seront forcés de se réfugier, aussi bine

que dans les cavernes et les montagnes où sont assemblés aujourd'hui les vrais fidèles.

« Ces fidèles assemblés aujourd'hui dans les montagnes sont le corps mort autour duquel s'assemblent les aigles, c'est à dire les armées du Seigneur pour exécuter ses jugements.

4. « Prague sera détruite comme Gommorrhe.

5. « Tout seigneur, vassal ou paysan qui ne fera point *avancer la loi de Dieu* (on ne peut définir plus purement la doctrine du progrès), un tel homme sera foulé aux pieds comme Satan et comme le dragon. Dans ces jours de vengeance les femmes pourront quitter leurs maris et même leurs enfants (pour fuir le péché) et se retirer sur les montagnes et dans les villes de refuge. »

Après ces prédictions sinistres et menaçantes arrive la formule du monde idéal des Taborites. C'est le même rêve que celui du *règne de Dieu*

sur la terre, annoncé par les disciples de Jésus,
et attendu immédiatement après sa mort.

6. « Dans ce nouvel avénement de Jésus-
Christ, l'Église militante sera réparée jusqu'au
dernier fondement, et il n'y aura plus nul péché, nul scandale, nulle abomination, nul mensonge. Les fidèles seront sans tache, et bril-
lants comme le soleil.

7. « Dans cette réparation, les élus ressusci-
teront, et Jésus reviendra du ciel avec eux. Il
conversera sur la terre et tout œil le verra, et il
donnera un grand festin sur les montagnes. Jusque-là les élus ne mourront pas. Ils iront dans
le ciel et en reviendront avec Jésus-Christ, et on
verra s'accomplir ce qui a été prédit dans Isaïe
et par l'Apocalypse.

8 « C'est alors qu'il n'y aura plus ni persécution, ni souffrance, ni oppression, et qu'il ne
sera point permis d'élire un roi, parce que Dieu

seul régnera, et que le royaume sera donné au peuple de la terre.

9. « C'est alors que personne n'enseignera plus son frère, mais qu'il sera enseigné de Dieu ; qu'il n'y aura plus de loi écrite, et que la Bible même sera détruite, parce que la loi étant écrite dans tous les cœurs, il ne faudra plus de doctrines : car tous les passages où l'Écriture prédit des persécutions, des erreurs, des scandales, n'auront plus de sens.

10. « Dans ce temps-là, les femmes engendreront par l'amour sans que les sens y aient part, et elles enfanteront sans douleur. »

Nous avons essayé de reconstruire la suite de cette prédiction dont les articles nous sont transmis dans un tel désordre qu'elle n'aurait pas de sens. Je soupçonne quelque malice de l'université calixtine dans cette interversion. Il y a dans la prédiction et dans les préceptes qu'elle entraîne deux phases bien distinctes :

une *de zèle, de fureur et de cruauté*, où tous les
excès du fanatisme sont sanctifiés dans le but
d'amener le règne de Dieu annoncé dans la
seconde; et dans cette seconde, toutes les prescriptions sont d'amour et de fraternité. En en-
tremêlant les articles consacrés à formuler ces
deux phases, le jugement dernier et le prochain
paradis sur la terre, on a fait du ciel des Taborites un enfer, et de leur idéal de perfection un
coupe-gorge. Mais il suffit du plus simple bon
sens pour rétablir le sens et l'ordre logique de
cette profession de foi.

Après cette double prédiction vient, dans le
Manuscrit de Breslaw, une série de prescriptions qui ont le plus grand rapport avec celles
des Vaudois et des Lollards. Si l'on veut se rendre un compte exact des trois ou quatre cents
articles qui furent condamnés par l'Église, chez
toutes les sectes du joannisme et chez celle des
Taborites en particulier, on le peut faire soi-

même en prenant le contrepied de tous les préceptes de la discipline catholique. « Point de
prélats, c'est à dire point de richesses dans l'É-
glise. Point de distinctions, point d'autorité
pour elle dans la société laïque, point d'inter-
vention dans les actes de cette société pour les
sacrements. Point de temples; la prière en plein
champs, au sein de la nature, temple que l'É-
ternel a consacré pour tous les hommes. Point
de cérémonies somptueuses ; des rites simples ;
la mission du pasteur apostolique et gratuite.
Point de canonisation , point de purgatoire ,
point de cimetières, point d'indulgences, tous
moyens honteux de vendre aux simples les dons
de la grâce et les secours de la rédemption, que
le Sauveur a également répartis entre tous les
hommes, sans instituer des spéculateurs pour
en profiter pécuniairement. *Point de prières
pour les morts;* cette idée là était profonde, les
catholiques la condamnèrent sans la compren-

dre, et en conclurent que certaines sectes ne croyaient pas à l'immortalité de l'âme. Nous verrons cette idée se développer et s'expliquer plus tard. Point d'huile consacrée ni de vaines cérémonies; le baptême dans l'eau des fontaines comme celui que Jésus reçut lui-même de Jean. Point d'offices latins ni d'heures canoniales; chacun doit comprendre sa prière et l'offrir à Dieu du fond de son cœur. Point de pape, l'Eglise du Christ n'a qu'un chef, qui est Jésus dans le ciel; c'est une abomination que de lui donner sur la terre un représentant chargé de crimes et d'iniquités. Point de confession auriculaire; Dieu seul peut connaître nos cœurs et remettre nos péchés. Si quelqu'un veut se confesser à son frère, que pour toute pénitence son frère lui dise : *Va, et ne pèche plus*. Point d'habits sacerdotaux, ni d'ornements d'autels; point *de robes, de corporaux, de patènes, ni de calices,* etc., etc., Enfin, partout le renoncement,

c'est à dire l'égalité fraternelle, la doctrine pure
et simple du divin maître; et pour commencer
ce grand œuvre, la destruction de tous les pouvoirs et de tous les moyens de la théocratie. »

Proclamer ainsi l'égalité dans l'ordre spirituel
c'était la proclamer de reste dans l'ordre social.
L'Église et les trônes l'avaient si bien senti
qu'ils s'étaient ligués pour étouffer cette doctrine. Ils n'avaient fait que martyriser ceux qui
la proclamaient; et, quant à ceux-ci, chacun
sait l'histoire de leurs augustes et profondes vi-
cissitudes; quant à la doctrine, on voit qu'elle
revivait plus ardente que jamais chez les Taborites, car tout ce que nous venons de men-
tionner, ils le professaient quasi textuellement.
Mais ce qui distingue les Taborites de plusieurs
autres sectes, c'est leur sentiment sur l'Eucharistie. On sait que le dogme de la *transsubstan-
tiation* ne fut introduit dans l'Église qu'en 1215,
au concile de Latran, et que le *retranchement*

de la coupe, qui en fut regardé comme la conséquence nécessaire, date de la même époque.
Jusque-là, le dogme idolâtrique de la *présence
réelle* n'était point un article de foi ; et la subs-
tance divine dans le pain consacré avait été expliquée et acceptée symboliquement par les intelligences les plus élevées du catholicisme.
M'est avis qu'au quinzième siècle et après la
guerre même des Hussites, les esprits les plus
forts de l'Eglise, Æneas Sylvius particulièrement (Pie II), croyaient à cette transsubstantia-
tion beaucoup moins littéralement que le peuple. J'ai de fortes raisons pour le croire ; mais ce
n'est pas ici le lieu de les exposer. Quoi qu'il
en soit, plusieurs sectes très ennemies de l'Eglise à tout autre égard, avaient accepté le dogme
de la *présence réelle*. Les Lolhards de Bohême,
les Picards et enfin la plupart des Taborites le
rejetèrent absolument dans le sens étroit où
l'Eglise avait fini par l'entendre. Ces derniers

disaient que « Jésus-Christ n'est point corpo-
« rellement et sacramentellement dans l'Eucha-
« ristie, et qu'il ne faut pas l'y adorer, ni flé-
« chir les genoux devant ce sacrement, ni don-
« ner aucune marque du culte de latrie. » On
ne saurait être plus explicite. Ils ajoutaient
« qu'on prend aussi bien le corps et le sang
« de Jésus-Christ dans le repas ordinaire que
« dans l'Eucharistie, pourvu qu'on soit en état
« de grâce. » C'était rétablir l'idée pure de
Jésus-Christ, et rendre à la communion son
sens réel, sans lui ôter son sens mystique et divin.

Quand le recteur de l'Université eut achevé
cette lecture, les docteurs calixtins incriminè-
rent tous les articles, et proposèrent d'en dé-
montrer la fausseté. Les Taborites n'en accep-
tèrent pas unanimement toute la responsabilité;
quelques-uns réclamaient, disant : « Au con-
« cile de Constance, on nous a mis sur le corps

« quarante articles hérétiques; ici, c'est bien
« pis : on nous en impose septante. » On demanda copie de tous ces articles pour y répondre. Nicolas Biscupec, principal prêtre des Taborites, prit la parole pour proscrire le luxe du
clergé calixtin, et pour l'accuser de posséder
encore des biens séculiers. Les questions du dogme furent écartées, sans doute à dessein ; car
les prédictions taborites avaient un sens profond et une application sociale terrible, que
leurs docteurs, suivant la coutume et les né-
cessités du temps, avaient résolu, j'imagine, de
ne pas divulguer. La discussion porta donc
sur des questions de forme, sur des pratiques
extérieures, et devint toute personnelle entre
les docteurs des deux camps. Au fait, la question imminente du moment était de régler les
attributions et les pouvoirs du nouveau clergé.
Les prêtres du juste milieu haïssaient les prêtres catholiques, mais n'étaient pas fâchés de

succéder à leurs richesses, à leurs satisfactions
de vanité, à leur influence politique ; ils s'ef-
forçaient de retenir le plus possible, pour leur
compte, des priviléges et des jouissances attachés au sacerdoce. Les prêtres taborites, véritables apôtres, tour à tour farouches et vindi-
catifs comme saint Matthieu, charitables et as-
cétiques comme saint Jean, entraient avec
ferveur et sincérité dans la vie évangélique.
Ils subsistaient d'aumônes comme les moines
franciscains ; ils étaient pauvrement vêtus, per-
mettaient à leurs disciples laïques d'administrer la communion et de se communier eux-
mêmes, refusaient d'entendre la confession auriculaire, niaient le monopole ecclésiastique de
tous les sacrements, n'exerçaient, en un mot,
qu'un ministère d'enseignement et de prédication. Peut-être l'Eglise d'aujourd'hui, qui, malgré ses *puffs* et ses *réclames*, marche rapidement à sa ruine au milieu des fêtes et des mas-

carades, fera-t-elle bien, dans ses intérêts, quand
le temps fatal sera venu, de se borner à ces
moyens sincères et sublimes des prêtres taborites. Il est certain que jamais clergé n'eut une
autorité morale plus étendue, et ne rassembla
d'aussi fervents adeptes, et cela dans un temps
où le seul nom de prêtre allumait la rage des
populations.

Il est certain que, de nos jours déjà, des
membres du clergé de France ont eu la généreuse et courageuse pensée de réhabiliter, par
le renoncement et la prédication évangélique, la
mission du prêtre; mais de ce moment ils ont
été taxés d'hérésie. Il a fallu se soumettre à l'É-
glise ou se séparer d'elle, car qui dit Église dit
Charte de certains pouvoirs immobilisés dans
la société contre les progrès de l'esprit public
et les inpirations individuelles.

On conçoit maintenant pourquoi le dogme de
la présence réelle intéressait si fort l'Église ca-

lixtine. L'homme qui s'arroge le pouvoir miracu-
leux de faire descendre la Divinité dans sa
coupe, et qui est réputé seul assez pur pour tenir la matière divine dans ses mains, est revêtu,
aux yeux des simples, d'un caractère magique.
Il est un saint, un ange, il est presque Dieu lui-
même. Il est peut-être plus que Dieu, puisqu'il commande à Dieu, et l'incarne à son gré
dans la matière du pain. En imaginant ce dogme grossièrement idolâtrique, l'Église romaine
avait sanctifié la personne du prêtre; elle l'avait
élevé au-dessus de la multitude comme au-
dessus des rois; et toutes les résistances des
sectes étaient une protestation du peuple contre cette révoltante inégalité; conquise, non par
les armes de la vertu, de la sagesse, de la science,
de l'amour, de la véritable sainteté, mais par un
privilége digne des impostures des antiques hié-
rophantes. Le nouveau clergé qui surgissait en
Bohême n'avait garde de rejeter de tels moyens.

La noblesse et l'aristocratie, qui faisaient, là comme ailleurs, cause commune avec lui, ne se souciaient pas d'examiner le dogme au point de s'en désabuser. Mais le bas peuple, à qui la suprême droiture de la logique naturelle, et la profonde suprématie du sentiment tiennent lieu de science dans de telles questions, voyait au fond de ces mystères mieux que l'Université, mieux que le Sénat, mieux que l'aristocratie, mieux que Ziska lui-même, son chef politique. Il est à remarquer, en outre, qu'à cette époque, grâce aux prédications d'une foule de docteurs hérétiques, dont les historiens parlent vaguement, mais sur l'action desquels ils sont unanimes, le peuple de Bohême était singulièrement instruit en matière de religion. Les envoyés diplomatiques de l'Église de Rome en furent stupéfaits. Ils rapportèrent que tel paysan, qu'ils avaient interrogé, savait les Écritures par cœur d'un bout à l'autre, et qu'il n'était pas besoin de livres chez les Taborites, parce qu'il s'en trouvait de vivants parmi eux.

Un dernier mot pour résumer la situation des esprits à Prague en 1420. Je demande pardon à mes lectrices d'interrompre le drame des événements par une dissertation un peu longue. Les événements sont impossibles à comprendre, dans cette révolution surtout, si on ne se fait pas une idée des causes. Je trouve, dans le savant auteur dont je donne un résumé, cette réflexion bien légère pour un homme si lourd : « Si le rétablissement de la coupe était d'une « assez grande nécessité, pour mettre en com-« bustion tout un royaume, ou si le même ré-« tablissement était un assez grand crime pour « attirer une si furieuse tempête sur les Bohé-« miens, c'est une question de droit, une con-« troverse de religion qui n'est pas de mon res-« sort. » Permis à l'auteur de trente-deux ouvrages *de poids*, au ministre protestant prédicateur

de la reine de Prusse, de donner sa démission
d'être pensant, tout en écrivant à grand renfort de mémoires et de documents l'histoire
au dix-huitième siècle : mais il n'est pas permis
aujourd'hui au plus mince de nos écoliers d'en
prendre ainsi son parti, et de déclarer que nos
aïeux étaient tous fous de se *mettre en combus-
tion* pour de telles fadaises. Le rétablissement
ou le retranchement de la coupe était la question vitale de l'Église constituée comme puissance politique. C'était aussi la question vitale
de la nationalité bohémienne constituée comme
société indépendante. C'était enfin la question
vitale des peuples constitués comme membres
de l'humanité, comme êtres pensants civilisés par
le christianisme, comme force ascendante vers
la conquête des vérités sociales que l'Évangile
avait fait entrevoir. Les Taborites, en rejetant le
dogme de la présence réelle, entendu d'une
façon objective et idolâtrique, proclamaient un

principe logique. Ils se débarrassaient du mira-
cle clérical, du joug de l'Église, qui, depuis Grégoire VII, infidèle à sa mission spirituelle, s'ap-
pesantissait sur le front des enfants de Jésus-
Christ. Les Calixtins, en ne réclamant que leur
communion sous les deux espèces, et en refusant d'aborder le fond de la question, devaient
perdre peu à peu la sympathie et le concours
des masses, et faire avorter enfin une révolution
qu'ils n'avaient entreprise et soutenue qu'au
profit des castes privilégiées.

9

La conférence et le synode que tint ensuite
tout le clergé hussite, pour tâcher d'éclaircir
les dogmes, n'aboutirent à rien. On ne put s'entendre, les uns y portant trop d'emportement,
les autres trop d'hypocrisie. Le parti calixtin,
persistant dans sa résolution d'avoir un roi, en-

voya en ambassade deux *grands*, deux *nobles*,
deux consuls de la bourgeoisie, et deux ecclésiastiques de l'Université (Jean Cardinal, et
Pierre l'Anglais), à Wladislas Jagellon, roi de
Pologne, pour lui offrir la couronne de Bohême.
Les *modérés* eurent la mortification bien mé-
ritée d'être éconduits. En vain ils exposèrent
leurs griefs contre Sigismond, alléguant que les
nations polonaise et bohême devaient faire cause
commune, Sigismond étant l'ennemi de la *langue slave*, et ayant déjà causé de grands dommages à la Pologne. *Sa Sérénité* le roi de Pologne, qui craignait à la fois le saint-siége et
l'empereur, les paya de défaites, s'effraya de
leurs *quatre articles*, et finit, après les avoir
promenés de conférences en conférences, par
leur promettre sa protection pour les réconcilier avec Sigismond et avec le pape. Les man-
dataires du juste-milieu bohême subirent en
outre la honte d'être logés en Pologne dans

des endroits séquestrés et inhabités; parce que, comme le pape avait décrété d'interdiction tous les lieux souillés par leur présence, le *peuple aurait été privé du service divin* là où ils auraient séjourné.

Pendant ce temps, les Taborites continuaient leur guerre de partisans, et les troupes impériales entretenaient leur fureur par des provocations féroces. Les capitaines des garnisons de Sigismond faisaient des sorties, entraient à cheval dans les églises calixtines, massacraient les communiants, et faisaient boire le vin des calices à leurs chevaux. De leur côté, les Praguois enlevèrent le château de Conraditz, après que la garnison eut capitulé et se fut retirée à cheval. La forteresse fut brûlée.

Dès les premiers jours de l'année 1421, Ziska sortit de Prague pour aller visiter *ses bons amis et ses beaux frères;* c'est ainsi qu'il appelait les moines. Il faut répéter ici que cette guerre aux couvents ne manquait pas de périls, et que Ziska y perdit beaucoup de monde. On ne les prenait déjà plus à l'improviste ; tous s'étaient mis en état de défense, et soutenaient de véritables sièges. Les nonnes mêmes, appelant les troupes impériales à leur secours, faisaient bonne résistance, et subissaient les horreurs de la guerre. On les noyait dans leurs fossés, on les pendait aux arbres de leurs jardins. Beaucoup de ces infortunées, dit-on, moururent de peur avant que l'implacable main des Taborites se fût appesantie sur elles, ou de misère et de froid, en fuyant à travers les bois et les montagnes.

Ziska passait sans interruption et sans repos d'une conquête à l'autre. La ville royale de Mise * se rendit à lui volontairement. C'était la patrie de Jacobel, qui l'avait convertie au hussitisme. La forteresse de Schwamberg capitula

* Ou *Meiss.*

après six jours de siège. Rockisane, patrie du fameux Jean Rockisane, qui devait bientôt jouer un grand rôle dans cette révolution, fut conquise. Chotieborz et Przelaucz eurent le même sort. Cottiburg se défendit ; plus de mille Taborites y périrent. Commotau fut livrée par une sentinelle allemande, qui tendit son chapeau par un trou de la muraille, pour qu'on le lui remplit d'argent. Les Taborites châtièrent sa lâcheté après en avoir profité, et l'immolèrent le premier. Ziska avait été aigri durant le siège de cette ville par les bravades des femmes, qui s'étaient montrées nues sur les murailles pour l'insulter. Précédemment, plusieurs Taborites et deux de leurs prêtres y avaient été brûlés. Il fit passer deux ou trois mille citoyens au fil de l'épée, et cette fois n'épargna ni femmes ni enfants. On fit brûler les gentilshommes, les prêtres, et bon nombre d'ouvriers. Les femmes taborites se chargèrent de l'exécution des femmes

catholiques, « sans même épargner les femmes
grosses. « Cette ville d'*Iduméens* et d'*Amalécites*, comme disaient les Taborites, fut traitée
avec toute la fureur que comportaient leurs sinistres prophéties. Un historien raconte avoir
vu, plusieurs siècles après, des traces étranges
de cette affreuse tragédie. « Dans le cimetière
« de cette ville, dit-il, il y a une si prodigieuse
« quantité de dents humaines, que, quand il pleut
« surtout, on peut amasser dans la terre amollie
« des *dents toutes pures*. Si vous enfoncez le doigt
« dans la terre vous y trouverez des *essaims de*
« *dents*. Et même dans les fentes des murailles,
« où elles sont mêlées au ciment. Cela vient
« m'a-t-on dit, de ce que ceux qui ont été mas-
« sacrés là n'ont point été inhumés, etc. »

Après Commotau, les Taborites prirent Be-
raun, et s'y conduisirent avec plus de douceur; Ziska commanda d'épargner le sang. Les
prêtres ne furent brûlés qu'après avoir refusé

pendant tout un jour d'embrasser le hussitisme.
Un jour de patience, c'était beaucoup pour les
vainqueurs, à ce qu'il paraît. Les habitants de
Melnik envoyèrent des députés pour faire leur
soumission et accepter les articles du taborisme.
Broda fut traitée comme Commotau, pour avoir
été ennemie jurée de Jean Huss. Kaurschim,
Kolin, Chrudim et Raudnitz se rendirent et firent profession de foi taborite. Les habitants furent les premiers à brûler leurs églises, à ruiner
leurs couvents, à massacrer leurs moines, et à
jeter leurs prêtres dans la poix ardente.

De là Ziska marcha vers la montagne de Gut-
temberg, dans le Bœhmer-Wald. C'est là que
les années précédentes, et récemment encore,
les ouvriers des mines, qui étaient presque tous
Allemands et du parti de l'empereur *, avaient

---

* Ils jouissaient des grands priviléges accordés aux ouvriers et aux paysans de cette frontière depuis l'an 1040,
pour l'avoir vaillamment défendue contre l'empereur Henri III. Ils ne payaient pas d'impôts, avaient un sénat particulier, etc.

persécuté les Taborites. Ils se les achetaient les uns aux autres pour avoir le plaisir de les tuer. On donnait 5 florins pour un prêtre, et 1 florin pour un séculier. On en avait jeté dix-sept cents dans la première mine, treize cents dans la seconde, et autant dans la troisième. « C'est pourquoi, dit un historien, on a toujours célébré l'office des martyrs en ce lieu, le 8 avril, sans que personne ait pu l'empêcher, jusqu'en 1621. »

En apprenant l'approche du vengeur, ceux de Cuttemberg allèrent au-devant de lui, avec un prêtre qui portait l'Eucharistie. Ils se mirent tous à genoux pour demander grâce, et ils l'obtinrent. Quoi qu'on en ait dit, Ziska était dirigé en tout par les conseils de la politique, et ne se livrait à ses ressentiments que lorsqu'ils lui paraissaient nécessaires au succès de son œuvre. Les mines d'argent de Cuttemberg étaient le trésor du royaume; et Ziska, d'accord avec ceux de Prague, résolut de conserver cette province. Un prêtre taborite reprocha aux Cuttembergeois leur conduite passée, les exhorta à n'y plus retomber, et leur signifia les conditions de la paix. Tous ceux qui voudraient changer de religion seraient traités en frères; tous ceux qui ne le voudraient pas auraient trois mois pour vendre leurs biens et se retirer où bon leur semblerait. Il est triste de dire que la clémence de Ziska ne lui profita pas, et qu'il fut forcé de l'abjurer plus tard. Il est évident que, dans la marche politique qu'il s'était tracée, tout mouvement de pitié devenait une faute.

Vers cette époque, Ziska commença à sentir son autorité débordée par le zèle farouche de ses Taborites. Il les avait dominés jusque-là avec une grande habileté. Aux approches du premier siége de Prague, lorsque la nation ne connaissait pas encore bien ses forces, et voyait arriver, avec une rage mêlée de terreur, la

nombreuse armée de Sigismond, Ziska, com-
prenant bien que le zèle religieux de Tabor pouvait seul donner l'élan nécessaire à une résistance désespérée, avait favorisé cet élan, et
avait paru le partager entièrement. A cette époque de fièvre et d'angoisse, on l'avait vu revêtir
le caractère de prêtre, afin d'imprimer plus
d'autorité à son commandement. Il s'était fait
taborite en apparence. Il avait administré lui-
même la communion, il avait prêché et prophétisé comme les apôtres de Tabor et des villes
sacrées. Après la défaite et la fuite de l'empereur, et durant les conférences pour la religion
dont nous avons parlé plus haut, Ziska avait vu
son influence dans les affaires et dans les conseils de Prague, très ébranlée par son essai de
taborisme. Il en avait été réprimandé par le
clergé calixtin; et sans se prononcer contre les
articles taborites incriminés, il avait adhéré,
plutôt sous main qu'ostensiblement, aux quatre

articles dont les Hussites modérés ne voulaient point sortir. Depuis cette époque, il demeura calixtin, et se fit toujours dire les offices *selon les missels* et administrer la communion par un prêtre calixtin, qui ne le quittait pas et qui officiait auprès de sa personne, en habits sacerdotaux. Rien n'était plus opposé aux idées et aux sympathies des Taborites ; et cependant, soit qu'il mit un art infini à leur faire accepter cette conduite, soit qu'ils sentissent le besoin de ce chef invincible, ils n'avaient point murmuré. Peut-être aussi étaient-ils trop divisés en fait de principes pour former une sédition de quelque importance. Mais, à mesure que l'adhésion des villes et le progrès de leur propagande leur donnèrent de l'assurance, un élément de révolte se manifesta dans leurs rangs. Les historiens ont presque tous donné indifféremment le nom de Picards à la secte qui s'était introduite au sein du taborisme, vers l'année 1417. Le moine

Prémontré Jean en était un des plus ardents
apôtres, et nous verrons bientôt qu'il essaya
d'ébranler le pouvoir illimité du redoutable
aveugle.

Ziska, sentant qu'un ferment de discorde
s'était introduit parmi les siens, résolut de le
combattre énergiquement. La capitulation de
Cuttemberg n'avait pas été observée très fidèlement par les Taborites de Prague; on avait maltraité plusieurs catholiques, en dépit de la foi
jurée. A Sedlitz, dans le district de Czaslaw,
Ziska voulut épargner les bâtiments d'un su-
perbe monastère, et défendit à ses gens de l'endommager en aucune façon. Cependant un
d'entre eux y mit le feu durant la nuit. Ziska
procéda, dit-on, pour découvrir et châtier cette
désobéissance, avec sa ruse et sa cruauté accou-
tumées. Il feignit d'approuver l'incendie et de
vouloir récompenser d'une bonne somme d'argent celui qui viendrait s'en vanter à lui. Le

coupable se nomma. Ziska lui compta l'argent,
et le lui fit avaler fondu; ensuite il décréta de fortes peines contre ceux qui mettraient désormais
le feu sans son ordre. On peut croire, d'après
cette mesure, qu'en plus d'une occasion ses intentions de vengeance à l'égard des vaincus
avaient été outrepassées, et qu'il n'avait pas
toujours été aussi obéi qu'il avait voulu le paraître. Cependant il se borna, pour cette fois,
à faire périr, à Tabor, quelques-uns de ces
Picards qui murmuraient contre lui; et, entraî-
nant ses Taborites dans une nouvelle course, il
leur fit ou leur laissa détruire encore plus de
trente monastères. Enfin, réuni à ceux de Prague, il prit Jaromir avec beaucoup de peine, et
la traita fort durement, parce que ses habitants
avaient déclaré vouloir se rendre aux Calixtins
de Prague, et non à lui.

Pendant ce temps, Jean le Prémontré détrui-
sait aussi des monastères : à Prague, il dispersa

violemment la communauté des religieuses de
Saint-Georges, qu'on avait épargnées jusque-là,
parce qu'elles étaient toutes filles de qualité.
Ailleurs, il brûla les couvents et les moines.
Dans un autre couvent de femmes, à Brux,
sept nonnes ayant été massacrées au pied de
l'autel, la légende rapporte que la statue de la
Vierge détourna la tête, et que l'enfant Jésus,
qu'elle portait dans son giron, lui mit le doigt
dans la bouche.

Enfin la ville de Boleslaw se rendit à ceux de
Prague, et le seigneur catholique Jean de
Michalovitz, à qui l'on enleva dans le même
temps une bonne forteresse, fut repoussé avec
perte, après avoir tenté de reprendre Boleslaw.

10

Tant de succès firent ouvrir les yeux au parti catholique sur l'importance et la force de la révolution. Un moment vint où, n'espérant plus la conjurer, il résolut de l'accepter, afin de n'être point brisé par elle. Sigismond ne pouvait inspirer d'affection à personne : il avait

mécontenté tous ses amis. Les Rosemberg furent des premiers à l'abandonner, et une diète
générale fut assemblée à Czaslaw, où presque
toute la noblesse déclara qu'elle se détachait du
parti de l'empereur. Quant à la religion, les
Hussites, qui voulaient des gages, eurent bon
marché de ces consciences si orthodoxes, et leur
firent accepter leurs quatre articles de calixtins
sans difficulté. Mais à ces quatre articles ils en
ajoutaient un cinquième, qui portait l'engage-
ment de ne reconnaître pour roi que l'élu de la
diète nationale. Les villes de la Moravie, à qui on
avait écrit d'adhérer à ces cinq articles ou de s'attendre à la guerre, envoyèrent des députés à
cette diète pour faire savoir qu'elles se range-
raient aisément aux quatre premiers, mais que
le cinquième était grave et demandait le temps
de la réflexion. Ces actes officiels font assez voir
que la foi catholique était peu brillante à cette
époque; que Rome n'était plus qu'une puis-

sance temporelle, représentée par l'empereur plus que par le pape, et que si l'on n'eût craint une lutte politique avec ces potentats, on se fut volontiers raillé des décisions des conciles.

On ne nous dit pas si Ziska fut présent à cette diète, mais il est certain qu'il y donna les mains, et qu'il ne rejeta pas l'alliance des seigneurs catholiques contre Sigismond. Le gros des Taborites se laissait guider par lui; mais les Picards, et ceux qui avaient été exaltés par eux et qui s'intitulaient déjà nouveaux Taborites ou Taborites réformés, l'en blâmèrent ouvertement. Ces Taborites picards étaient assez nombreux à Prague. Partout ailleurs ils eussent été sous la main terrible de Ziska. A Prague, ils pouvaient se glisser encore inaperçus entre les divers partis. Jean le prémontré les échauffait de sa parole ardente et de son zèle fougueux. Il déclamait contre l'alliance avec les catholiques, signalait les

Wartemberg et les Rosemberg surtout, comme
capables de toutes les lâchetés et de toutes les
trahisons, prédisait qu'ils perdraient la révolution et vendraient la Bohême au premier souverain qui voudrait acheter leur vote et leurs armes : la suite des événements prouva bien qu'il
ne s'était pas trompé.

Malgré ces protestations, les catholiques furent acceptés, et, à leur tour, ils protestèrent
contre Sigismond et contre l'Église. Conrad, archevêque de Prague, celui qui avait récemment
couronné l'empereur, embrassa solennellement
le Hussitisme et rompit avec Rome. Ulric de
Rosemberg, cet athée superstitieux qui avait des
visions, qui avait déjà abjuré deux fois, la première pour Jean Huss et la seconde pour Martin V, ce traître qui avait servi sous Ziska, et
ensuite sous Sigismond, présida la diète avec
l'archevêque, et proclama, en son propre nom
et au nom de tous les membres du clergé et de

la noblesse, les quatre articles calixtins et la déchéance de l'empereur au trône de Bohême. Il
y a cependant des réserves perfides dans cette
déclaration. Il y est dit textuellement qu'on dé-
fendra les quatre articles « envers et contre
tous, » *à moins que peut-être on ne nous enseigne
mieux par l'Écriture sainte, ce que les docteurs
de l'académie de Prague n'ont encore pu faire.*
À propos de la déchéance de Sigismond, il est
dit encore : «Que de notre vie, *à moins que Dieu
par quelque fatalité secrète ne semble le vouloir
ainsi,* nous ne recevrons Sigismond, parce qu'il
nous a trompés, etc. »

Cette convention fut faite au nom de Prague,
des *citoyens de Tabor,* de toute la noblesse des
villes, etc. Sans rien statuer pour l'avenir, le
parti catholique et le juste milieu, qui s'enten-
daient tacitement pour avoir un roi étranger,
élurent vingt personnes *intégres et graves* pour
administrer le royaume *pendant la vacance;*

quatre consuls des villes de Prague représentant
la bourgeoisie, cinq *seigneurs* représentant la
grandesse de Bohême, sept *gentilshommes* représentant la petite noblesse, etc. A la tête des
gentilshommes était nommé Jean Ziska, et le
nombre des représentants de cette classe montre
qu'elle était la plus nombreuse et la plus in-
fluente. Il était dit que ces *régents* auraient plein
pouvoir; mais la foule de réticences et de cas
réservés qui suit cet article montre la mauvaise
foi des catholiques; ce sont autant de portes ou-
vertes pour s'échapper quand le vent de la fortune fera flotter les étendards de ces nobles vers
un autre point de l'horizon. En cas de division
dans le conseil des régents, la diète constituait
deux prêtres comme conseils. L'un de ces deux
prêtres dictateurs mourut de la peste en voyage;
l'autre, Jean de Przibam, dès qu'il fut de retour
à Prague, eut affaire au terrible moine Jean, qui
l'accusa d'avoir outre-passé son mandat de dé-

puté, et le fit condamner et chasser de la ville.
Le prémontré avait alors beaucoup d'influence
à Prague. Peu de temps après, il accusa de trahison Jean Sadlo, gentilhomme qui avait livré
les Bohémiens aux Allemands dans un combat,
et l'ayant appelé à comparaître sous de bonnes
promesses, il le fit saisir de nuit et décapiter dans
la maison de ville de la vieille Prague. Les catholiques et les Calixtins qui commençaient à
s'inquiéter du prémontré, espèce de Montagnard
à la tête d'un club de Jacobins, firent de grandes
lamentations sur le meurtre de Jean Sadlo, et
le revendiquèrent dans les deux camps comme
un membre fidèle de leur communion; ce qui
ne prouve pas beaucoup en faveur de la loyauté
de ce Jean Sadlo.

Pendant que ces événements se passaient à
Prague, Sigismond députait des ambassadeurs à
la diète de Czaslaw. Ils eurent beaucoup de peine
à s'y faire admettre, et ayant commencé leur

discours par de longues louanges de l'empereur,
ils furent brusquement interrompus par Ulric
de Rosemberg, qui se montrait alors des plus
acharnés contre son maître : « Laissez cela, leur
dit-il, et nous montrez vos lettres de créance. »
La lettre de l'empereur était mêlée de fiel et de
miel. Il offrait la paix, son amitié, presque la liberté des cultes, la réparation des injures et des
dommages commis par son armée : tout cela aux
catholiques et au juste milieu. Mais il donnait à
entendre qu'il sévirait avec rigueur contre les
Taborites, et menaçait, si on ne les abandonnait
à sa colère, d'amener en Bohême *ses voisins et
ses amis ; quand même, ajoutait-il, nous sau-
rions que cela ne se pourrait faire sans que vous
en souffrissiez des pertes irréparables pour vous
et votre postérité, et sans un déshonneur qui vous
exposerait aux railleries mordantes du reste du
monde.* Cette lettre maladroite et dure irrita
tous les esprits. On eût peut-être sacrifié les

Taborites, si on eût pu prendre confiance à la parole de Sigismond ; mais on le connaissait trop : il avait eu le tort de se montrer. La réponse de la diète fut belle et fière.

« Très illustre prince et roi, puisque votre auguste Majesté nous promet d'écouter nos griefs et nous invite à les lui faire connaître, les voici : — Vous avez permis, au grand déshonneur de notre patrie, qu'on brûlât maître Jean Huss, qui était allé à Constance avec un sauf-conduit de Votre Majesté. Tous les hérétiques ont eu la liberté de parler au concile ; il n'y a eu que nos excellents hommes à qui on l'ait refusée. Vous avez fait brûler maître Jérôme de Prague, homme de bien et de science, qui y était allé également sous la foi publique. Vous avez fait proscrire, frapper d'anathème et excommunier la Bohême, et vous avez fait publier cette bulle d'excommuniation à Breslaw, à la honte et à la ruine de la Bohême ; car vous avez excité et

ameuté contre nous tous les pays circonvoisins,
comme contre des hérétiques publics. Les princes étrangers que vous avez déchaînés contre
nous ont mis la Bohême à feu et à sang, sans
épargner ni âge, ni sexe, ni condition, ni séculier, ni religieux. Vous avez fait tirer par des
chevaux et brûler à Breslaw Jean de Crasa, notre concitoyen, parce qu'il approuvait la communion sous les deux espèces. Vous avez fait trancher la tête à des citoyens de Breslaw pour une
faute qui, à la vérité, avait été commise contre
Wenceslas, mais qui avait été pardonnée. Vous
avez aliéné le duché de Brabant, que Charles IV
votre père avait acquis par de rudes travaux
(*Herculeis laboribus*). Vous avez engagé la
Marche de Brandebourg sans le consentement
de la nation. Vous avez fait transporter hors du
royaume la couronne impériale, comme pour
nous exposer aux railleries et aux mépris de l'u-
nivers. Vous avez emporté les saintes reliques

qui nous faisaient honneur, les divers joyaux amassés par nos ancêtres et légués aux monastères. Vous avez aliéné, contre nos droits et coutumes, la *mense royale* * et tout l'argent qui y était destiné à l'entretien des veuves et des orphelins. En un mot, vous avez violé et enlevé tous nos titres, droits et priviléges, tant en Bohême qu'en Moravie; et, par cette raison, vous êtes cause de tous nos désordres publics. C'est pourquoi nous prions Votre Majesté de nous restituer toutes ces choses et d'ôter de dessus nous tous ces opprobres; de rendre à la nation les trois provinces qui en ont été détachées à l'insu des trois ordres du royaume; de rapporter la couronne de Bohême, les choses sacrées de l'empire, les joyaux, la mense, les lettres publiques, les diplômes et tout ce qui a été soustrait; d'empêcher les nations voisines, et surtout celles

---

* C'était un trésor public dont le roi ne pouvait disposer qu'en faveur des pauvres.

qui sont comprises dans la Bohême (la Moravie, la Silésie, le Brabant, la Lusace et le Brande-bourg), de nous troubler et de répandre notre sang. Nous prions aussi Votre Majesté de nous faire savoir sa résolution *claire et nette*, à l'endroit des quatre articles dont nous sommes absolument résolus de ne pas nous départir, non plus que de nos droits, constitutions, priviléges et bonnes coutumes, etc. »

Il paraît que cette pièce a en latin un cachet de grandeur ou, pour mieux dire, de *grandesse* imposante qui montre ce que la haute seigneurie de Bohême avait été jadis, plutôt que ce qu'elle était désormais. Ces grands qui invoquaient leurs antiques priviléges, et qui faisaient consister l'honneur de la patrie dans leurs joyaux et dans leurs parchemins, ne voyaient pas par où ils étaient sérieusement menacés; et en disputant à l'empereur les franchises de la nation, ils ne sentaient pas que la nation, désabusée de tout

prestige, n'était plus là pour les leur faire reconquérir au prix de son sang. Le peuple voulait
ces franchises pour lui-même, et non plus seulement pour ces grands et pour ces monastères
qu'il écrasait et dévastait pour son propre
compte. Le peuple voulait faire partie de ce corps
respectable qu'on appelait le royaume; et la
haute noblesse, en ne donnant pas sincèrement
les mains à son admission, ne faisait, en bravant
l'empereur, qu'une inutile provocation. Il eût
fallu opter. Elle crut pouvoir se soutenir par
elle-même contre l'ennemi du dehors et contre
celui du dedans. Les Taborites et les Picards
protestèrent tout bas; et au jour du danger, les
nobles ne purent recouvrer leurs priviléges
qu'en s'humiliant et en s'avilissant sous les pieds
de l'empereur.

Sigismond répondit encore une fois qu'il était
innocent de la mort de Jean Huss et de Jérôme
de Prague, et que son intercession en faveur de

la Bohême lui avait valu au concile des *choses fort dures à digérer;* que ce n'était pas la Bohême en elle-même qui avait été flétrie et condamnée, mais de *mauvaises gens* qui avaient pillé, brûlé, etc.; en d'autres termes, que la noblesse n'avait pas été compromise dans la proscription et pouvait se réhabiliter, grâce à lui; mais que ces mauvaises gens, c'est-à-dire le peuple et ses apôtres, devaient être châtiés et déshonorés à la face du monde. L'empereur prétendait n'avoir emporté la couronne, les titres, les joyaux et les reliques que pour les soustraire aux outrages; que d'ailleurs ces mêmes grands qui lui reprochaient cette action comme un vol, l'y avaient autorisé eux-mêmes, de leurs conseils et de leurs sceaux. Il comptait remettre à l'arbitrage des princes *ses voisins et ses amis* les désordres et les dommages dont on l'accusait en Bohême. Il concluait en promettant à la grandesse une augmentation de privilégés, en

reprochant avec amertume au peuple la destruction de Wisrhad, des temples augustes et des
belles églises de Prague, et en le menaçant de
la colère de ses amis, c'est-à-dire de l'invasion
étrangère, s'il ne respectait l'église de Saint-
Weit et la forteresse de Saint-Wenceslas.

Pendant qu'on parlementait ainsi, Sigismond,
comptant toujours sur ses armées, fit entrer en
Bohême vingt mille Silésiens qui massacraient
hommes et femmes, coupaient les pieds, les
mains et le nez aux enfants. Aussi lâches que
féroces, ils prirent la fuite sur la seule nouvelle
que Ziska marchait contre eux. Les paysans et
les troupes taborites des villes voisines, s'étant
rassemblés à la hâte, voulurent les poursuivre
jusqu'en Silésie. Mais le seigneur Czinko de
Wartemberg, celui que le moine Jean avait
déjà désigné comme un traître, entra en compo-
sition avec les ennemis, et défendit à ses gens
d'incommoder leur retraite. Ambroise, curé ca-

lixtin de Graditz, souleva le peuple contre
Czinko; et les paysans l'auraient assommé avec
leurs fléaux ferrés, s'il ne se fût retiré au plus
vite. Ambroise écrivit à Prague pour l'accuser
de trahison, et vraisemblablement le prémontré
se hâta de prêcher contre lui. Il est probable
qu'on eût pu conquérir la Silésie sans la défection de ce Wartemberg. Mais les grands justi-
fièrent leur collègue, et le juste milieu passa
condamnation.

11

La plupart des historiens placent à l'année
1421 , au milieu de laquelle nous voici arrivés,
la persécution principale de la secte des Picards
par Jean Ziska. Voici ce qu'ils racontent :

Une fois, Ziska apprit qu'une secte (les uns
disent qu'elle était composée de quarante per-

sonnes, les autres d'une grande multitude) s'était emparée d'une île dans la rivière de *Lusinitz* (je ne pense pas qu'aucune rivière ait d'île assez grande pour être occupée par une grande multitude). Cette secte était venue de France (de *la Gaule Belgique*) avec un prêtre nommé *Picard,* qui se disait fils de Dieu, et se faisait appeler Adam. Il faisait des mariages, ce qui n'empêchait pas que les femmes fussent communes entre eux; assertion fort contradictoire. Ils allaient nus, satisfaisaient leurs passions au milieu de leurs offices religieux, se livraient à mille déréglements qu'on ne peut même indiquer, et tout cela au nom de leur croyance, avec un fanatisme sérieux, se disant les seuls hommes libres, les seuls enfants de Dieu, les êtres purs par excellence, qui ne pouvaient pécher, parce qu'ils étaient arrivés à l'état de perfection et de sainteté qui n'admet plus la notion du mal. « Il « en sortit un jour quarante de l'île, qui forcè-

« rent les villages voisins et tuèrent plus de deux
« cents paysans, les appelant enfants du diable.
« Ziska les assiégea dans leur île, s'en rendit
« maître, et les passa tous au fil de l'épée, à la
« réserve de deux, de qui il voulait apprendre
« quelle était leur superstition, » et des femmes
dont plusieurs accouchèrent en prison sans
qu'on pût les convertir. Ulric de Rosemberg se
donna le plaisir de les faire brûler. *Elles souf-frirent le feu en riant et en chantant.* Les his-toriens appellent cette secte du nom de Picards,
d'Adamites et de Nicolaïtes, indifféremment, et
disent qu'elle se montra aussi en Moravie, dans
une île de rivière; qu'elle y pratiquait les mêmes
délires, et y professait la même croyance. Elle
y fut immolée par les catholiques, et souffrit les
supplices avec le même enthousiasme.

On raconte que d'autres fois, à différentes
époques, Ziska persécuta les Picards, et enfin
qu'il les poursuivit à outrance en 1421. Deux

de leurs prêtres, dont l'un était surnommé *Lo-*
quis, à cause de son éloquence, furent arrêtés
d'abord par un gentilhomme calixtin, et relâchés
à la prière des Taborites; puis arrêtés de nouveau à Chrudim, ils furent attachés à un poteau par le capitaine de la ville, qui demanda à
Loquis, en lui assénant un grand coup de poing
sur la tête, ce qu'il pensait de l'Eucharistie.
Martin Loquis répondit tranquillement que le
dogme de la présence réelle était une profana-
tion et une idolâtrie. Là-dessus les Calixtins voulurent les brûler. Mais le curé calixtin de Graditz, ce même Ambroise qui avait montré tant
d'énergie dans l'affaire des Silésiens, intercéda
pour les prisonniers, qui furent remis entre ses
mains. Il les emmena à Graditz, les garda quinze
jours, et tâcha vainement de les amener à ses
sentiments. L'archevêque calixtin Conrad les fit
conduire à Raudnitz, et les garda huit mois dans
un cachot, défendant au peuple de les visiter,

de peur de la contagion. Ziska les réclama afin de les envoyer *brûler pour l'exemple* à Prague ; mais les consuls de Prague s'y opposèrent, *craignant une sédition dans la ville, parce que Martin Loquis y avait beaucoup de partisans.* Ils préférèrent envoyer un consul avec un bourreau à Raudnitz, afin que Conrad punît les prisonniers *à son gré.* L'archevêque calixtin les fit torturer, « et ils nommèrent dans les tourments quelques-uns de ceux qui étaient dans leurs sentiments sur l'Eucharistie. L'archevêque les exhortant de nouveau à revenir de leurs erreurs : *Ce n'est pas nous qui sommes séduits*, répondirent-ils en souriant, *c'est vous qui, trompés par le clergé, vous mettez à genoux devant la créature,* » Enfin ils furent conduits au supplice ; « et comme on les exhortait à se recommander aux prières du peuple : *Ce n'est pas nous*, dirent-ils encore, *qui avons besoin de prières ; que ceux qui en ont besoin en demandent. Ils furen*

tous deux jetés dans un tonneau plein de poix
ardente. »

Il résulte bien clairement de ces faits que les
Calixtins avaient tellement pris le dessus en
Bohême, qu'on ne professait plus ouvertement
la négation de la présence réelle, et que ceux
qui le faisaient subissaient le martyre. Il en résulte clairement aussi que le nombre de ceux
qu'on appelait outrageusement Picards (c'était
un terme de mépris que les sectes ennemies se
renvoyaient depuis longtemps l'une à l'autre,
sans qu'aucune voulût l'accepter, si ce n'est
peut-être les Adamites de la rivière) était considérable, puisqu'on craignait la fureur du peuple en les immolant devant lui. Les suites du
martyre de Loquis le prouveront de reste.

Il n'y avait de commun, entre les principes
de Loquis ou des nouveaux Taborites, et ceux
d'Adam et de ses adeptes habitants des îles, que
la négation de la présence réelle. Voilà sans

doute pourquoi les historiens les confondirent, soit par erreur, soit par malice. Les Picards, qui ne différaient guère des Vaudois accep-tés depuis longtemps, étaient chers aux Tabo-rites, et tellement mêlés à eux, que toute l'ar-mée de Tabor montrait assez, par sa manière de communier sans appareil, sans observer le jeûne, sans exclure les *enfants* ni les *fous*, en un mot, sans aucune des prescriptions de l'É-glise calixtine, qu'elle était picarde, c'est-à-dire qu'elle ne croyait pas à la *présence réelle* *. Ce

---

* Jean Huss croyait à cette *présence réelle*. Lors de la première grande communion des Taborites en pleine cam-pagne, au début de la révolution, presque tous étaient à peu près Calixtins. Mais la conférence de Prague et la pro-phétie taborite montrent qu'en peu de temps on s'était dé-sabusé de ce dogme La négation de la *présence réelle* fit de continuels progrès. Contenue par Ziska, elle éclata après sa mort, et tout le Taborisme fut Picard, *anti adorateur* de l'Eucharistie. Ziska ne sut jamais ou ne voulut jamais sa-voir combien il avait de Picards dans son armée. Les villes sacrées de la prédiction qui, en tout temps, lui furent d'un si héroïque secours, étaient d'origine vaudoise. Elles avaient embrassé le Joannisme dès le douzième siècle, en donnant asile aux Vaudois fugitifs persécutés en France.

dogme catholique eût donc peut-être été abjuré à cette époque par toutes les nations, si la conjuration taborite eût triomphé en Bohême. Mais les temps n'étaient pas murs. Le peuple n'était pas assez fort pour triompher des hautes classes, et les hautes classes ne se sentaient pas ou ne se croyaient pas assez fortes pour triompher des souverains, lesquels, à leur tour, n'osaient pas lutter contre l'Église. Le dogme populaire devait donc échouer là, et, après d'héroïques efforts, périr en laissant après lui une mystérieuse propagande, impuissante pour quelque temps encore contre les dogmes officiels.

Nous laisserons à Martin Loquis, à Jean le Prémontré, et à leurs nombreux adeptes, le surnom de Picards, sans nous préoccuper des pédantesques dissertations qu'on pourrait faire sur cette matière. Ce serait le droit d'un historien de leur inventer un nom qui exprimât leur véritable croyance; mais je ne puis m'arroger ce droit, et, pour rester clair, je laisserai ce nom, qui fut si injurieux et qui ne l'est plus, à ces martyrs de la vérité.

« Cependant, que ferons-nous donc, dit M. de Beausobre, dans son intéressante dissertation, de ces Adamites de la rivière de Lusinitz ? » M. de Beausobre les distingue complètement des autres Picards immolés aussi par Ziska, qui ne voulait pas les distinguer ; et M. de Beausobre a raison. Mais peut-être se laisse-t-il égarer par sa généreuse candeur, lorsqu'il s'efforce de prouver que les Adamites n'ont jamais existé, ou bien qu'ils ne pratiquaient ni la promiscuité, ni la nudité, ni les abominations qu'on leur impute. Sans entrer dans l'ingénieuse mais puérile discussion des textes, des mots à double sens, des dates et des rapprochements, il me semble qu'on peut admettre, avec les historiens de tous les partis qui l'ont attestée, l'existence de ces Adamites. Pour cela il suffit de se re-

porter à la source de toutes les idées élaborées
dans le Taborisme, à la grande prédiction taborite que nous avons rapportée et *rajustée*, pour
la rendre intelligible. Cette prédiction impli-
quait deux époques. L'une de travail, de souffrance, d'action, de colère, de vengeance et d'extermination, durant laquelle, de leur autorité
privée, les nouveaux croyants distinguaient ce
qui est juste et injuste, ce qu'il fallait observer
et ce qu'il fallait abolir, enfin ce qui, selon eux,
était bien ou mal. L'autre époque était un idéal
de perfection, de repos, de douceur, de tolérance, de fraternité et d'innocence, dans lequel, à
la venue de Jésus-Christ sur la terre, on devait
entrer immédiatement après l'extermination de
la race impie et de la vieille société. Dans ce
temps-là, il ne devait plus y avoir ni écritures,
ni prêtres, ni préceptes, parce que les hommes
étant arrivés à l'état paradisiaque, le mal serait
banni de la terre, et tout serait *bien*. Ce rêve de

perfection mal compris, et appliqué sans idéal à la réalité présente, suffisait pour engendrer la secte des Adamites. La prédiction des Taborites n'était pas nouvelle. Elle était renouvelée des Vaudois, qui la leur avaient apportée sous d'autres formes deux siècles auparavant. La secte des Adamites n'était pas nouvelle non plus; el.e avait été apportée de France; elle avait traversé plusieurs époques et plusieurs contrées. Elle était même éternelle, comme la virtualité de toutes les idées, et aussi ancienne de manifestation que le Christianisme. Elle ne devait pas finir absolument en Bohême; on l'a revue sous d'autres formes chez les Anabaptistes de Munster; on l'a revue plus récemment encore dans de malheureux essais pour l'émancipation des femmes. C'est une de ces sectes exubérantes, excessives et délirantes, dont j'ai promis, au commencement de ce récit, de parler un peu, et voici ce peu que j'ai à en dire.

Toujours l'homme a rêvé l'idéal, soit au ciel, soit sur la terre. Chacun a construit cet idéal selon la portée de son intelligence ou l'ardeur de ses désirs, selon la fièvre de ses instincts ou la sublimité de ses sentiments. Les Taborites, en rêvant sur la terre les jouissances célestes, la fraternité la plus tendre, l'amour le plus chaste (les sens ne devaient plus avoir de part à la reproduction de l'espèce), montrait combien de charité, d'austérité, de dévouement et de justice brûlait au fond de ces âmes farouches, emportées, dans leur projet sublime, par la fureur des temps et l'implacabilité du fanatisme. Les Adamites, au contraire, en voulant réaliser, au milieu des excès du présent, la liberté absolue de l'avenir, se montraient insensés. De plus, en rêvant cette liberté grossière et brutale, ils faisaient bien voir que leur fanatisme était du dernier ordre, et qu'en voulant arriver à l'innocence des anges, ils ne savaient arriver qu'à

celle des bêtes. Cependant ils s'aimaient entre
eux, ils s'appelaient frères, et pratiquaient une
fraternité absolue ; ils souffrirent le supplice en
riant et en chantant. Ils furent martyrs, eux
aussi, de leur foi ; car leurs femmes ne pratiquaient pas, comme celles de la régence, une
dévotion et un libertinage opposés, en principe,
l'un à l'autre. Elles croyaient à la sainteté de
leurs bacchanales : elles étaient folles. Fallait-il
les brûler ou les plaindre ? Et aujourd'hui qu'on
ne brûle plus, ne faut-il pas plaindre et convertir celles qui professent le dogme immonde de
la promiscuité ? Heureusement le nombre des
hypocrites est si grand, que celui des fous et
des folles est très restreint. Il ne menace point
la société comme on a feint de le croire. Le dogme de la promiscuité ne laisse que des traces
passagères dans les guerres de religion. Il rentra promptement dans la nuit chaque fois qu'il
voulut reprendre à la vie ; et de nos jours, quo

qu'on en dise, il n'a frappé que de malheureuses têtes dévouées à l'erreur, préparées à l'ivresse par quelque défectuosité de l'intelligence. Les plus belles mains ont eu quelquefois des verrues. Les chirurgiens les coupent et les brûlent en vain : elles passent d'elles-mêmes quand l'enfance passe. L'adamisme disparaîtra de la terre quand la véritable loi du mariage sera proclamée.

Pour en revenir à l'histoire du *redoutable aveugle,* il est probable que Ziska extermina les insulaires de la rivière de Lusinitz *, par un mouvement spontané d'indignation contre leurs pratiques, et pour se défaire d'un voisinage agressif qui s'était annoncé par des hostilités. Quant aux Picards, son intention est plus mystérieuse, et les historiens ne font pas de difficulté de l'attribuer à la pureté de ses principes calixtins. Cependant quand on se rappelle que Ziska, en d'autre temps, s'était montré zélé ta-

* Ou *Lausnitz.*

borite, qu'il avait donné la communion, qu'il avait prophétisé ; quand on le voit jusque-là vivant en si bonne intelligence, et se rendant si cher à ces Taborites qui avaient nié la *présence réelle* et qui n'y croyaient pas, on peut présumer que Ziska châtiait dans Loquis et redoutait dans le Prémontré des hommes d'une politique plus hardie encore et d'une influence plus immédiate que les siennes *. Ziska voulait sauver

* Il est bien certain que ces Picards blâmaient la conduite de Ziska à l'égard de la religion. Ils le raillaient de se faire dire la messe *selon les missels* par des prêtres calixtins, et appelaient ces prêtres *lingers* (*lintearios*) à cause de leurs surplis de toile. Les Calixtins de Ziska (car il y avait des Taborites Calixtins, c'est-à-dire des hommes qui, comme lui, suivaient la religion de Prague et la politique de Tabor) raillaient à leur tour ces prêtres réformateurs, et les appelaient *les cordonniers de Ziska*, parce que, dit-on, ils portaient les mêmes souliers à l'office et en campagne. Cette explication me semble un peu gratuite. Les cordonniers avaient joué le rôle le plus énergique à Prague, dans les proclamations religieuses et dans les émeutes. Ils faisaient pendant aux bouchers des séditions de Paris à la même époque, et je pense que l'appellation de *cordonnier* était devenue synonyme, en Bohême, de celle de *sans-culotte* dans notre révolution.

la Bohême selon un plan conçu avec autant de prudence que de courage. L'audace ne lui manquait pas plus que la ruse. Il s'alliait au parti calixtin dans l'occasion, et s'en détachait de même. A un moment donné, il pensa devoir sacrifier des hommes qui lui semblaient, par leur fougueuse sincérité, devoir compromettre la révolution. Il craignit que la négation du dogme de la *présence réelle,* négation qui entraînait de si profondes conséquences, n'effarouchât le nombreux et puissant juste-milieu, et ne le brouillât lui-même sans retour avec ces classes dont il croyait que son œuvre ne pouvait se passer. Ziska se trompait en espérant faire marcher de front les résistances de divers ordres de l'État contre l'empereur. En ce moment, il était enivré sans doute de l'adhésion du parti catholique, et il concevait de grandes espérances. Il éprouva bientôt ce qu'il devait attendre de ces alliances impossibles.

12

La nouvelle de l'exécution de Martin Loquis alluma la sédition dans Prague. *Tous les Picards de la nouvelle ville* coururent trouver le Prémontré. Ils s'assemblèrent, la nuit, dans un cimetière. Là, on se plaignit de la tyrannie de Ziska et de celle du sénat calixtin. Le Prémontré

après avoir longtemps délibéré avec eux, prit sa
résolution au premier coup de la cloche du matin. Il se met aussitot à leur tête, et les conduit
à la maison de ville de la vieille Prague. Là il
reproche aux sénateurs leurs trahisons et leurs
lâchetés, leur déclare qu'ils sont cassés et annu-
lés, et sur-le-champ procède à l'élection d'un
nouveau sénat et de quatre consuls picards. Il
décrète que la vieille et la nouvelle ville n'en fe-
ront plus qu'une, et obéiront à des magistrats de
son choix. A peine a-t-il formé ee nouveau gouvernement qu'il assemble la communauté, et lui
déclare qu'il faut chasser un curé qu'il désigne,
parce qu'il *retient les momeries* du culte romain;
que le temps est venu d'en finir avec les prêtres
calixtins et d'en établir de vraiment évangéli-
ques, « *parce que les séculiers et le clergé ne
doivent plus faire qu'un corps et un même peuple.* » Le peuple, la *populace,* pour parler comme mon auteur (ce qui ne me fâche point,

parce que je vois bien que c'étaient les pauvres et les opprimés qui étaient les plus éclairés et les plus sincères en fait de religion), la populace courut aux églises, chassa les prêtres calixtins, en institua de nouveaux, et donna ses lois à toute la ville, sans que les anciens consuls ni personne osât s'y opposer.

Pendant ce temps, les Taborites et les Orébites marchaient à la rencontre de l'empereur, qui entrait en Bohême par Cuttemberg. Malgré la clémence de Ziska, les mineurs revenaient à Sigismond, et, commandés par le brigand Miesteczki, celui qui avait pillé les moines d'Opatowitz pour son compte et qui ensuite s'était uni à Ziska, ils reprirent Przelaûtzi, jetèrent cent vingt-cinq Taborites dans les minières, en tuèrent mille à Chutibor, et firent brûler leur commandant et deux de leurs prêtres.

Pendant ce temps, l'aristocratie négociait avec le roi de Pologne. Sur son refus d'accepter

la couronne, les seigneurs catholiques devenus
calixtins *pour voir venir,* et les vrais calixtins,
avaient demandé à Wladislas de leur envoyer son parent Coribut. Wladislas jouait
tous les partis tour à tour. L'année précédente,
il avait négocié avec Sigismond la réconciliation
des Bohémiens, en s'engageant toutefois à marcher contre eux avec lui, dans le cas où Sigismond consentirait à marcher avec lui contre les
chevaliers teutoniques. La conclusion de ces
pourparlers avait été un accord de mariage entre le roi de Pologne et la veuve de Wenceslas.
L'empereur avait offert Sophie ou sa propre
fille au choix de ce nouvel allié; le Polonais
avait préféré la plus mûre des deux, parce
qu'elle était la plus riche. Mais les ambassadeurs de Sigismond, qui portaient son adhésion
en Pologne, avaient été saisis et enlevés par les
Hussites; de sorte que le mariage fut suspendu,
et les deux monarques eurent le temps de se

brouiller encore une fois. Alors Wladislas
envoya une ambassade à Prague pour proposer
Coribut, lequel gouvernerait la Bohême au nom
du roi de Pologne. Coribut était déjà aux fron-
tières, et ne demandait que des troupes pour
entrer en Bohême. On ne put lui en envoyer,
parce que l'empereur débusquait par la frontière opposée, et qu'on n'avait pas trop de
monde pour lui tenir tête.

A peine Sigismond fut-il entré en Bohême
que les seigneurs catholiques, qui avaient si bien
protesté contre lui, répondirent à son appel, et
allèrent lui prêter foi et hommage. Le juste-milieu, épouvanté de cette défection, appela Ziska
à son secours. Ziska accourut à Prague pour la
mettre en état de défense. Il y fut reçu comme
un héros, comme le sauveur de la patrie, on
sonna toutes les cloches, les prêtres et la jeunesse allèrent au-devant de lui, et il *n'y eut régal qu'on ne fit à son monde.* Les pâles Tabo-

rites, si affreux en temps de paix, étaient beaux comme des anges quand on avait peur.

Ziska passa huit jours à mettre Prague en état de siège et *à la munir de tout ce qui était nécessaire.* De là, il courut munir d'autres places importantes, entre autres Cuttemberg que l'empereur avait abandonné. Mais ne se fiant plus à des alliés si perfides, Ziska ne s'y installa pas, et se fortifia avec son armée sur une haute montagne voisine, d'où il observait tous les mouvements des impériaux. Sigismond reprit aisément Cuttemberg, en effet, et vint assiéger Ziska sur sa montagne ; mais dès la seconde nuit, le redoutable aveugle et ses Taborites tuèrent les sentinelles avancées du camp impérial, se frayèrent un passage au beau milieu de l'armée ennemie, et allèrent tranquillement s'établir à Kolin. On était au mois de décembre. Le froid chassa l'empereur. Pendant qu'il se reposait en Bavière, l'infatigable aveugle ne perdit pas de temps pour lever de

nouvelles troupes jusque sur les frontiéres de la
Silésie, et, sentant le froid s'adoucir, il revint à
Noël vers la frontière opposée, pensant que les
impériaux allaient bientôt reparaître. Il n'y
manquèrent pas. Sigismond arriva sur Cuttemberg, et, pour marquer sa protection à cette
ville, il la fit brûler et passa tous les habitants au
fil de l'épée (*sans épargner les enfants au berceau*), afin que Ziska ne trouvât plus là de poste
pour lui fermer la retraite. Sa prévoyance ne le
préserva pas des armes invincibles des Taborites. Ziska l'atteignit dès le lendemain, tailla son
armée en pièces, et le poursuivit *trois lieues durant ;* on lui enleva cent cinquante chariots,
remplis d'effets précieux, qui furent partagés
également entre les Taborites. Le jour suivant,
Ziska alla assiéger *Broda l'allemande,* et y perdit trois mille hommes. Le lendemain il la prit
et la brûla si bien que *pendant quatorze ans il
n'y habita âme qui vive.* Après cette victoire,

Ziska, assis sur les drapeaux impériaux, créa
quelques chevaliers parmi les Taborites. On voit
en lui de ces velléités de grandeur extérieure qui
furent si funestes à Napoléon.

L'empereur se retira *en grande hâte* en Hongrie. Le Florentin Pippo, aventurier intrépide
qui le suivait, se noya sous la glace avec quinze
cents de ses mercenaires, au passage d'une rivière.

Il est temps de faire entrer en scène un nouveau personnage, un des hommes les plus for-
tement trempés de cette époque, et le seul ad-
versaire solide que Sigismond pût opposer à
Ziska. C'était un prêtre qui s'appelait Jean comme tant d'autres, et qu'on appellait Jean de Prague, tantôt Jean de fer (*ferreus*), à cause de son
caractère guerrier, ou enfin l'évêque de fer, car
il était évêque d'Olmutz et fervent catholique. Il
avait autrefois dénoncé Jacobel au concile de
Constance, et, comme il avait toujours eu son

franc parler avec tout le monde, il avait irrité
violemment l'ivrogne Wenceslas par ses remontrances. Depuis que Conrad avait embrassé le Hussitisme, le pape avait nommé Jean
de fer à l'archevêché de Prague, à la place de
l'apostat; mais c'était un siége *in partibus.* A
tout prendre, le prélat catholique valait beaucoup mieux que le politique Conrad. Il n'était
ni moins intolérant, ni moins cruel, mais il
était brave et sincère, et montrait les talents
d'un grand capitaine. « Quand il avait dit sa
« messe, il quittait ses habits sacerdotaux,
« montait à cheval, armé de toutes pièces, le
« casque en tête, l'épée au poing, et la cui-
« rasse sur le dos. Il faisait gloire de n'épar-
« gner aucun hérétique. Il en périt plusieurs
« milliers par ses soins et par ses armes, et il
« tua deux cents Hussites de sa propre main.
« Il mourut cardinal en 1450. » Il fut secondé
en mainte rencontre par l'abbé de Trebitz,

homme de qualité, plus propre à la guerre qu'au bréviaire.

La première expédition de l'évêque de fer fut contre un parti de Taborites, que deux prêtres de Tabor étaient venus rallier en Moravie, et qui s'étaient fortifiés si bien sur une montagne boisée, qu'on ne put les forcer. Ils se défendaient en jetant sur les assiégeants de gros éclats de roche ; et malgré l'ardeur des troupes de l'évêque formées de ses vassaux, d'auxiliaires hongrois et de troupes impériales autrichiennes, ils décampèrent la nuit et se sauvèrent en Bohême où ils se réunirent aux Orébites. Plusieurs seigneurs bohémiens du parti calixtin, et entre autres Victorin de Podiebrad (père du roi Georges), apprenant cette affaire, songèrent alors à occuper le belliqueux évêque pour l'empêcher de faire irruption en Bohême. Il en résulta une guerre assez acharnée en Moravie, où, parmi plusieurs défaites et plusieurs victoires,

Jean de fer donna de grandes preuves d'activité, de courage et de talent militaire. Nous n'entrerons pas dans le détail de ces campagnes, afin de ne pas perdre de vue la scène principale.

Jean le Prémontré exerçait toujours sur le peuple de Prague une influence effrayante pour les Calixtins. Un nouveau sénat, calixtin sans aucun doute, avait remplacé le sénat picard institué par le moine. On l'y déféra comme Picard, titre qui, à lui seul, constituait le crime d'État; on l'accusa de s'être trop ingéré dans les affaires publiques, d'avoir banni Jean Przibam et décapité Jean Sadlo sans motifs suffisants; et le sénat entra en délibération pour aviser aux moyens de se défaire d'un homme si énergique et si populaire. Quoique cette délibération eût été tenue fort secrète, le Prémontré en fut bientôt instruit, et, n'écoutant que son audace accoutumée, il s'alla jeter dans le danger. Il pénètre dans le sénat, accompagné seulement de dix de ses partisans, et déclare aux sénateurs qu'il va appeler de leur sentence aux citoyens. A peine a-t-il achevé de parler qu'on ferme les portes, et que le bourreau, qu'on avait mandé en toute hâte, s'empare de lui, et lui tranche la tête ainsi qu'à ses compagnons. Mais comme les *licteurs* s'empressaient de faire disparaître les traces de cette affreuse exécution, et lavaient précipitamment la salle, ils laissèrent couler du sang dans la rue. Le peuple, averti par cet indice, se précipite dans la maison de ville. On enfonce les portes du conseil, et le premier objet qui se présente aux regards est la tête du Prémontré séparée de son corps. En un instant, le juge, les consuls et tous leurs acolytes sont mis en pièces. Jacobel * ramasse la tête de Jean, la met sur un plat, et s'élance dans la rue,

---

* Ou *Jacques de Mise*, celui qui avait été disciple et ami de Jean Huss et qui, apparemment, était dans les mêmes sentiments que les Picards.

exhortant le peuple à venger la mort d'un martyr. Les maisons des consuls sont aussitôt envahies et dévastées. On court au collège de Charles IV, que jusqu'alors on avait respecté, et on emmène prisonniers tous les moines. On brûle la bibliothèque, et on exécute publiquement sept personnes qui avaient été ennemies de Jean le Prémontré. Jacobel fit porter la tête du moine et celles de ses compagnons pendant quinze jours dans la ville, exposées sur un cercueil, et le peuple chantait avec lui l'hymne à la mémoire des martyrs : *Isti sunt sancti qui* etc. Enfin, ces têtes furent ensevelies avec leurs corps en grande solennité dans une église, et un prédicateur fit leur oraison funèbre sur ce texte tiré des actes des apôtres : *Des hommes pieux ensevelirent Étienne.* Ensuite il exhorta le peuple à rester fidèle à la doctrine que le Prémontré lui avait enseignée, et l'assemblée se sépara, le prédicateur et les assistants *fondant en lar-*

mes. Le peuple sentait bien qu'il perdait un de
ses plus vigoureux athlètes.

Au commencement de l'année 1422, les Taborites firent la conquête importante de Sobies-
law, d'où dépendaient dix-huit autres villes ou
villages, et un territoire rempli d'étangs pois-
sonneux. Ensuite Ziska fit une *course* en Autriche, porta la terreur chez les habitants, qui
fuyaient à son approche *dans les bois et dans les
déserts,* et s'empara d'une grande provision de
bétail. Un autre corps de Taborites entra dans
la Marche de Brandebourg, y mit tout à feu et à
sang, et alla assiéger Francfort sur l'Oder, dont
il brûla les faubourgs et la chartreuse. Ceux de
Prague prirent et dévastèrent la ville de Luditz.

Sur ces entrefaites, Sigismond Coribut arriva
à Prague avec cinq mille personnes. Il y fut
fort bien reçu par les Calixtins, qui voulaient
absolument un roi. Ziska était occupé ailleurs
avec les Taborites. Les grands, qui étaient re-

tournés au parti de Sigismond se tenaient re-
tranchés le mieux qu'ils pouvaient dans leurs
châteaux. Cependant ils protestèrent contre l'é-
lection de Coribut et s'étant rassemblés avec
ceux des gentilshommes qui étaient de leur
parti, ils déclarèrent que, bien qu'ils eussent
toléré la première ambassade des Bohémiens en
Pologne, ils n'avaient eu part ni à la seconde, ni
à la troisième; qu'ils ne se croyaient point déliés
de leur serment envers Sigismond, seul souverain légitime : et enfin que Coribut *n'avait
point été baptisé au nom de la sainte Trinité,
étant né Russe et ennemi du nom chrétien.* Coribut était Lithuanien et chrétien grec.

Les Praguois ayant répondu qu'il fallait accepter Coribut *bon gré mal gré,* les grands du royaume firent transporter la couronne royale et les
ornements de la chapelle de Saint-Wenceslas à la
forteresse de Carlstein qui tenait pour l'empereur
Sigismond avec une forte garnison; et Coribut qui

apparemment faisait constituer toute la validité
de son élection dans ces ornements, alla assiéger
Carlstein sans être couronné. On a conservé
beaucoup de détails sur ce formidable siège, qui
dura six mois, et qui échoua. Le parti calixtin,
avec son roi, ne pouvait rien ou presque rien,
tandis que les Taborites, avec leur invincible
aveugle, ne connaissaient rien ou presque
rien d'impossible. La place de Carlstein fut
pourtant battue par des catapultes d'une si belle
invention, que jamais depuis, dit l'historien
Théobald, aucun ouvrier n'a pu en faire de
semblables : « Les forêts voisines retentissaient
du bruit des coups. » On arracha même les
colonnes d'une église de Prague pour en faire
des boulets. Mais, les fortifications étaient si
solides qu'on ne put les endommager. La garnison avait été choisie parmi des guerriers d'élite.
Elle se défendit opiniâtrément à grands coups
de pierre, en faisant pleuvoir les tuiles des toits.

Avec des nattes et des fascines de branches de chêne, elle amortissait l'effet des frondes. Les Calixtins imaginèrent de lancer dans la place, avec leurs machines, deux mille tonneaux remplis d'ordures et de cadavres en putréfaction. L'infection causa une terrible épidémie aux assiégés. Les cheveux leur tombaient, et toutes leurs dents étaient ébranlées. Ils réussirent pourtant à faire consumer toutes ces immondices par la chaux vive et l'arsenic. Un habitant de la vieille Prague ayant été pris par eux, ils le mirent sur une tour avec une queue de renard au bout d'un bâton, en lui recommandant, par dérision, de chasser les mouches. Les assiégeants ne tinrent compte de la présence de ce malheureux, et n'en battirent la tour qu'avec plus de fureur. Mais aucun de leurs coups n'atteignit la victime, et les assiégés, frappés de superstition en voyant cette rare fortune, la délièrent et lui rendirent la liberté. En automne on fit une trève de quelques jours, et les assiégés, ayant invité quelques-uns des assiégeants à leur rendre visite, ils les régalèrent splendidement, pour leur faire croire qu'ils avaient des vivres en abondance, bien qu'ils fussent au bout de leurs provisions. Ceux de Prague s'imaginèrent qu'ils en recevaient par des conduits souterrains. Un jour les assiégés feignirent de célébrer une noce. « On n'entendait que flûtes et bruits de gens « qui sautaient et dansaient, quoiqu'il n'y eût « ni époux ni épouse, et qu'ils n'eussent pas « même du pain noir à manger. » Enfin il leur arriva de n'avoir plus qu'un pauvre bouc, qu'on laissait grimper sur les murailles pour faire croire qu'on avait du bétail. Il fallut pourtant le tuer, et quand on l'eut mangé, sa peau fut envoyée en présent au capitaine de ceux de Prague, qui était tailleur, pour le remercier de sa trêve. Il faisait très froid, et les Praguois avaient grand désir de retourner à leurs foyers. Ils

vouèrent les assiégés au diable, *seul capable
d'en venir à bout*, et abandonnèrent l'entreprise, ce dont Coribut fut *fort mortifié*. La garnison stoïque et facétieuse de Carlstein fit plusieurs décharges de ses machines, en l'honneur
du bouc qui l'avait sauvée.

Pendant ce siège, une *grosse armée* allemande,
commandée par des archevêques, des électeurs
et des princes du saint-empire, avait voulu pé-
nétrer en Bohême pour délivrer ceux de Carlstein. Il lui fallut d'abord assiéger Plawen, où
on lança quantité de pigeons et de moineaux
enduits de poix embrasée ; mais ce stratagême
échoua. Des paysans, qui s'étaient réfugiés dans
cette ville contre les brigandages des Impériaux, firent une vigoureuse sortie, et, passant
à travers l'armée ennemie, tuèrent cinquante
hommes et emmenèrent encore des prisonniers.
Un des moineaux embrasés alla tomber sur une
tente de paille, et mit le feu au camp. L'armée

impériale s'agitant pour éteindre l'incendie, le reste des assiégés de Plawen sortit, se jeta sur l'ennemi éperdu, et le mit en déroute. Sur la nouvelle que Ziska s'approchait, les Allemands abandonnèrent complètement l'entreprise et quittèrent la province.

Sigismond désespéré jura d'abandonner la Bohême à ses propres déchirements ; et, voyant que les Moraves s'étaient joints aux Bohémiens contre lui, il fit don de leur province à l'archiduc Albert, son gendre, *sous la condition de la réduire.* Les Hussites de Moravie écrivirent aussitôt à Ziska de venir les secourir ; mais Ziska sentait que la royauté de Coribut était le plus pressant danger, et qu'il fallait le combattre au cœur de la Bohême. Il envoya aux Moraves celui de ses capitaines qu'il estimait le plus, Procope *le Rasé,* qui avait été ordonné prêtre contre son gré dans sa jeunesse, et qui fut depuis surnommé le *Grand,* à cause de ses exploits militaires. Nous consacrerons une nouvelle série d'épisodes à ce grand homme, qui fut le successeur de Jean Ziska dans le commandement des Taborites, et le continuateur de son œuvre politique. Nous nous bornerons ici à dire qu'il se comporta en Moravie avec une science militaire digne des leçons de Ziska, et une valeur digne de l'élan des Taborites, dont il partageait les principes les plus ardents.

Cependant Ziska marchait vers Prague. Après avoir veillé à tout et balayé la frontière, il revenait se prendre corps à corps avec le fantôme de la royauté. Il y fut devancé par un corps de ses Taborites qui, plus indignés et plus impatients que lui, pénétrèrent de nuit dans la *vieille ville*, s'emparèrent de trois maisons, et commencèrent la guerre intestine. Mais ils étaient trop peu nombreux pour avoir le dessus. Ils furent repoussés, tués en partie, et plusieurs, en se retirant, se noyèrent dans la Moldaw.

Ziska, en apprenant cette nouvelle, en fut
consterné un instant. Il avait espéré dominer
Prague sans coup férir, par sa seule présence,
et la désabuser par ses conseils de son rêve de
monarchie. Le mauvais accueil fait à ses impru-
dents avant-coureurs lui donnait à réfléchir.
Entre les grands de Bohême qui voulaient Sigismond et le juste-milieu qui voulait Coribut,
il se voyait seul avec ses Taborites ; et lui, qui
avait conçu que sa mission se bornerait à défendre la patrie contre l'étranger, il se voyait aux
prises au dedans avec deux partis contraires.
Sa situation devenait terrible, et il approchait
lentement de la capitale, perdu dans ses pensées, frappé peut-être de l'idée que sa mission
était finie, et qu'il n'était plus l'homme de ce
troisième parti qu'il fallait constituer politique-
ment et dessiner hardiment au milieu des deux
autres. Si Ziska eut cette angoisse, que les historiens lui attribuent sans l'expliquer, ce fut une

révélation de son destin. Cet homme, qui devait
retremper le courage populaire et donner un
nouvel élan à l'invincible taborisme, cet homme
était debout. Il était déjà à l'œuvre. De vagues
prophéties taborites portaient que Ziska rendrait la Bohême glorieuse pendant sept ans,
et qu'il mourrait pour revivre dans un autre
héros qui, pendant sept ans encore, con-
tinuerait son œuvre. Ce héros était Procope
le Rasé, Procope le Grand, Procope le Picard *, c'est-à-dire le vrai Taborite. Ziska le
Calixtin, le médiateur impossible entre ces partis arrivés à l'heure d'explosion, devait jeter
quelque éclat et mourir à temps, car il ne lui
restait plus qu'à choisir entre l'abandon des
siens ou celui de sa propre gloire.

Hésitant à jeter la torche au sein du Hussi-

---

* Il avait été compromis et arrêté dans l'affaire de Martin Loquis, et il avait sans doute dû son salut au moine
Prémontré.

tisme, il envoya des députés à Prague d'abord,
pour désavouer l'équipée que ses gens venaient
d'y faire ; ensuite pour exhorter le parti calixtin
à ne point élire Coribut. *Il se faisait fort*, disait-
il, *de défendre la Bohême contre l'empereur et
contre les grands, sans qu'il fût besoin qu'un
peuple libre s'assujettît à un roi.* « Ceux de Pra-
« gue répondirent qu'ils étaient bien aises qu'il
« n'eût point de part à la dernière irruption des
« Taborites ; mais qu'ils étaient fort étonnés
« qu'il leur déconseillât Coribut, puisqu'il n'i-
« gnorait pas que toute république a besoin d'un
« chef. » A cette réponse, Ziska comprit qu'on
ne voulait plus qu'il fût ce chef nécessaire ; et,
blessé de voir préféré un étranger au bouclier
éprouvé de la patrie, il s'écria en levant son bâton de commandement : *J'ai par deux fois dé-
livré ceux de Prague ; mais je suis résolu de
les perdre, et je ferai voir que je puis également et sauver et opprimer ma patrie.*

15

Aussitôt Ziska se met en devoir d'exécuter cette terrible résolution ; et, tout en ravageant sur son chemin les terres des seigneurs catholiques, il marche sur Graditz, qui était réputée calixtine, avec l'intention de la surprendre. Cependant les Taborites, qui peut-être eussent voulu marcher tout de suite sur Prague, commençaient à murmurer. Une nuit qu'ils cheminaient dans les ténèbres, fatigués d'une longue course, ils refusèrent d'aller plus avant. *Cet aveugle*, disaient-ils, *croit que le jour et la nuit nous sont pareils comme à lui.* Ziska leur demanda s'il n'y avait pas quelque village aux environs ; on lui en nomma un : *Allez donc y mettre le feu pour vous éclairer,* reprit-il. Ils lui obéirent, et un peu plus loin ils rencontrèrent Czinko de Wartemberg et quelques autres grands seigneurs catholiques, qui leur livrèrent un rude combat. Il en sortirent triomphants comme à l'ordinaire, et plusieurs de ces seigneurs y périrent, après quoi Ziska conduisit les Taborites à Graditz. Cette ville, qui avait une *secrète inclination* pour lui, le reçut à bras ouverts, au lieu de se défendre. Ceux de Prague vinrent pour la reprendre, et furent battus. De là, Ziska courut à Czaslaw, et s'en empara sans peine. Ceux de Prague vinrent encore l'y inquiéter, et, comme à Graditz, ils furent défaits et repoussés.

Ces nouvelles répandirent l'effroi dans Prague, et les magistrats résolurent d'envoyer à Ziska pour lui proposer un accommodement ; mais les seigneurs calixtins s'y opposèrent, et se firent fort de vaincre le redoutable aveugle. Il était plus facile de s'en vanter que de le faire.

Ziska fit, aussitôt après, une campagne en Moravie, pour seconder Procope contre l'*évêque de fer*. La seule approche de l'armée taborite mit en fuite l'archiduc Albert ; et Sigismond, qui le suivait pour assister à ses triomphes, partagea la honte de sa retraite. Jean de fer tint bon ; mais il ne put empêcher Jean Ziska de lui prendre quelques places et d'attirer dans son parti un grand nombre de seigneurs hussites de la Moravie.

Ziska ne s'arrêta pas longtemps dans cette

contrée : son système était de dévaster et d'é-
pouvanter, non de conquérir. Il laissa Procope
aux prises avec l'évêque, et pénétra au cœur de
l'Autriche, où il porta l'effroi et la ruine jusqu'aux rives du Danube. L'archiduc, ayant marché sur lui, ne le trouva plus. Ziska ne risquait
jamais inutilement une bataille. Ennemi rapide,
audacieux et insaisissable, la promptitude de ses
résolutions le conduisait là où on l'attendait le
moins, et le faisait disparaître, comme par magie, des lieux où on croyait l'atteindre. Il lui
suffisait de marquer sa course par des ruines,
et cette manière d'affaiblir l'ennemi était la plus
sûre pour gagner du temps et ralentir l'effort de
l'invasion.

Tandis qu'on le cherchait vers le Danube, il
était déjà retourné en Moravie, et y prenait des
forteresses. A Cremzir, il fut forcé d'en venir
aux mains avec Jean de fer : c'était un adver-
saire digne de lui. Attaqué à l'improviste, au

milieu de la nuit, soit que la situation fût grave,
soit que Ziska commençât à douter de son étoile,
on rapporte qu'il fut épouvanté, et que sans
Procope il eût été défait pour la première fois ;
mais Procope, blessé au visage, baissa la visière
de son casque pour cacher son sang, et, entouré
de la troupe d'élite qu'on appelait la *cohorte
fraternelle*, fit des prodiges de valeur. Il se jeta
dans la mêlée avec tant de furie, que Ziska,
craignant qu'il ne s'engageât trop avant, fut
forcé de réprimer son ardeur ; puis il retrancha
son armée derrière les chariots, et feignit d'attendre le jour pour recommencer le combat.
L'évêque, s'étant retiré à Olmutz, et comptant
sur un renfort d'Autrichiens pour le lendemain,
ne s'inquiéta pas davantage cette nuit là. Mais,
au point du jour, Ziska avait fait plier bagage :
averti par des espions diligents de l'approche
des Autrichiens, il était reparti pour la Bohême,

ravageant, tuant et brûlant tout sur les terres de l'évêque et dans le pays morave.

Il trouva Graditz retombée au pouvoir des Calixtins. A peine sorti victorieux d'une embuscade que des seigneurs catholiques lui avaient tendue, cet homme infatigable, qui tenait tête à Sigismond et à l'archiduc au dehors, aux Catholiques et aux Calixtins au dedans, reprit Graditz, s'empara de la forteresse de Mlazowitz et de Libochowitz, qu'il rasa sans miséricorde; passa dans le district de Pilsen, y détruisit Przestitz, Luditz; et, partout harcelé et poursuivi par les seigneurs catholiques et calixtins, mais assisté par les villes de refuge, après avoir fait une course sur l'Elbe, il revint s'emparer de Kolin, ville considérable, à douze lieues de Prague.

Les Praguois passèrent l'Elbe pour le combattre; « mais Ziska, que *Sylvius Æneas* appelle un « autre Annibal pour ses ruses de guerre, au lieu

« de faire volte-face, s'enfuit à toute bride,
« comme s'il eût eu peur, afin de les attirer en
« certain lieu qu'il connaissait bien. Quand il y
« fut arrivé, il dit à ses gens : *Où sommes-nous?*
« — *A Maleschaux, sur les montagnes,* lui ré-
« pondit-on. — *L'ennemi est-il loin ? — Non,*
« *il nous poursuit chaudement, il est dans la*
« *vallée. — Voici le temps !* dit Ziska ; et, ayant
« tout disposé pour la bataille, il harangua ainsi
« ses soldats, monté sur son chariot : *Mes très-*
« *chers frères et mes braves compagnons, vous*
« *voyez que nous sommes attaqués par des gens*
« *que nous avons comblés de bienfaits et sauvés*
« *par deux fois des mains de Sigismond. A*
« *présent, par un esprit de domination, ils sont*
« *avides de notre sang. Courage, donc ; c'est*
« *aujourd'hui un jour décisif, où il s'agit, en*
« *vérité, de vaincre ou de périr.* Il parlait en-
« core, lorsque, averti qu'on voyait flotter les
« drapeaux ennemis au bas de la montagne, il

« donna le signal. » Le combat fut acharné;
mais la victoire ne déserta pas l'étendard taborite. Ceux de Prague prirent la fuite, laissant
plusieurs milliers des leurs sur le champ de bataille, « entre lesquels il y avait un grand nom-
« bre de seigneurs de Bohême. Cette action se
« passa le 8 juin 1424. »

Ziska marche aussitôt à Cuttemberg, que ceux
de Prague avaient relevée après l'incendie ordonné par Sigismond. Ziska la brûle de nouveau, et se rend à Klattaw qui l'appelait avec
impatience. Une seconde victoire à peu près
semblable, par ses manœuvres et ses résultats,
à celle des montagnes de Maleschaux, amène
enfin Ziska aux portes de Prague, et cette fois
avec la résolution et la certitude de s'en rendre
maître.

Mais au moment de tourner leurs armes *contre*
la métropole, contre la mère de la patrie, les
gentilshommes de l'armée taborite se sentirent

effrayés, et reculèrent devant leur entreprise.
Les soldats, émus par leurs discours, hésitèrent.
Il y avait comme un vague soupçon que Ziska
n'agissait plus que pour satisfaire son orgueil, et
venger un affront personnel. Pour apaiser le tu-
multe, le redoutable aveugle monta sur un tonneau de bière, et les harangua ainsi : « Pour-
« quoi murmurez-vous contre moi, ô mes
« compagnons, contre moi qui vous défends
« tous les jours au péril de ma vie? Suis-je votre
« chef ou suis-je votre ennemi? Vous ai-je ja-
« mais conduits quelque part d'où vous ne
« soyez sortis vainqueurs? Qui vous a fait ga-
« gner encore vos dernières batailles, si ce n'est
« moi? Vous êtes riches, vous avez acquis de la
« gloire sous ma conduite; et moi, pour récom-
« pense de tous mes travaux, j'ai perdu la vue,
« et je ne puis plus agir que par le secours de
« vos yeux. Je ne m'en repens pas, si vous
« voulez me seconder encore. Je ne veux point

« la perte de Prague, et ne pense pas non plus
« que ses habitants soient altérés du sang du
« vieux chien aveugle. C'est du vôtre qu'ils ont
« soif. Ils redoutent vos mains invincibles et
« vos cœurs intrépides. Marchons donc à Pra-
« gue, puisqu'il n'y a plus de milieu, puisqu'il
« faut qu'elle ou vous périssiez. Éteignons une
« guerre civile qui finira par amener l'ennemi
« au cœur de la Bohême. Nous aurons pris la
« ville et chassé les séditieux avant que Sigis-
« mond en ait avis. Il nous sera alors plus aisé
« de le vaincre avec peu de gens bien unis, qu'a-
« vec une grosse armée divisée en factions. Ce-
« pendant, afin que vous ne me reprochiez
« rien, consultez-vous. Voulez-vous la paix ? J'y
« consens, mais craignez de vous en repentir.
« Voulez-vous la guerre ? m'y voilà tout prêt. »
Cette courte harangue enflamma les Taborites.
Ils coururent aux armes, et s'avancèrent jusque

sous les murailles de Prague, résolus de l'attaquer vigoureusement.

Le parti calixtin était perdu, et il le sentit.
Prague était affaiblie par les victoires de Ziska,
et Ziska y avait plus de partisans qu'on ne l'a-
vait pensé d'abord. Le sénat et les citoyens ne
pouvaient plus s'entendre. L'armée taborite était
la plus forte et la mieux trempée que Ziska eût
encore présentée à ses adversaires. La consternation se répandit dans la ville, et, d'un commun
accord, tous les ordres envoyèrent à Ziska maître Jean de Rockizane, prêtre hussite, homme
d'un grand talent et d'un grand crédit, dont
l'ambition devait causer bien des agitations et
des malheurs à cette patrie qu'il venait sauver.
Le vieux guerrier, vaincu par son éloquence,
consentit à une réconciliation entière, et entra dans la ville avec tous les honneurs du
triomphe. On éleva aussitôt un grand monceau de
pierres dans le champ où cette paix venait d'être

conclue, et on jura sur cette espèce d'autel
druidique de se servir des pierres qui le for-
maient, contre le premier qui rallumerait la
guerre civile.

Coribut avait été rappelé par le roi de Pologne,
qui voulait se réconcilier et qui se réconcilia en
effet avec l'empereur. L'évêque de fer s'était si
bien comporté en Moravie, malgré la ténacité
des Taborites et les progrès du Hussitisme, que
l'archiduc avait repris courage, et que Sigismond
recouvrait l'espoir de rentrer en Bohême. Le
roi de Pologne avait épousé, non la veuve de
Wenceslas comme il en avait été tenté, mais
une autre Sophie, fille du grand-duc de Mos-
covie. L'empereur avait assisté à ses noces, et
Wladislas faisait serment de ne plus envoyer
Coribut aux Bohémiens. Mais le jeune homme,
prenant goût à cet essai de royauté, rentra secrètement en Bohême, et y fut accueilli comme
un bras de plus contre Sigismond. Cette dé-

marche réveilla les méfiances de l'empereur, et
l'engagea à traiter directement avec Ziska. Il lui
envoya des ambassadeurs avec des offres magni-
fiques, dans l'espoir de le séduire, de le tromper peut-être, et de recouvrer la couronne de
Bohême, sinon par les armes, du moins par
l'intrigue. Il lui offrait le gouvernement du
royaume s'il voulait se ranger à son parti et ra-
mener les rebelles. « *Étrange réduction,* dit, à
ce sujet, un historien catholique, *qu'un empereur d'une si haute réputation en Italie, en Allemagne, en France, par toute l'Europe, fût
contraint de s'abaisser pour recouvrer son
royaume, devant un petit gentilhomme, un
aveugle, un profane, un sacrilége et un scé-
lérat!* »

On dit que Ziska fut ébloui et enivré de ces
offres, et qu'il se dirigea aussitôt vers la Moravie
avec Coribut et ceux de Prague, comme pour
combattre, mais en effet pour traiter de plus

près avec Sigismond. Ce peut bien être là une calomnie de plus sur un héros dont les vues ont été si calomniées d'ailleurs.

Quoi qu'il en soit, il semble que la Providence n'ait pas voulu le lancer sur la pente dangereuse de l'ambition personnelle, et qu'elle l'ait soustrait à cette lutte plus funeste que celle des combats, afin de laisser aux Taborites un souvenir sacré, et à la Bohême un nom illustre. Il mourut de la peste qui était dans son armée, aux confins de la Bohême et de la Moravie, le 11 octobre 1424. Les uns disent qu'en mourant il ordonna à ses gens de livrer son corps aux corbeaux, aimant mieux passer dans les oiseaux du ciel que dans les vers du sépulcre; d'autres, qu'il leur commanda de l'écorcher, et de faire un tambour de sa peau, leur prédisant que le son de ce tambour suffirait pour jeter l'épouvante dans les rangs ennemis; et que là où serait la peau de Ziska, là aussi serait la vic-

toire *. Notre auteur met cette version au rang des
fables, et j'avais regret à cette circonstance si poétique et si conforme à l'esprit du temps, lorsque
je me suis rappelé que Frédéric-le-Grand assurait, en vers et en prose, dans une lettre à Voltaire, avoir pris ce trésor à Prague, et l'avoir
emporté à Berlin. M. Lenfant est mort lorsque
Frédéric n'était encore que prince royal, c'est-
à-dire longtemps avant ses premières conquêtes
en Saxe et en Bohême. Nous pouvons donc
croire que cette relique conduisit encore les Taborites à la victoire sous le grand Procope, et
qu'elle fut respectée jusqu'au moment où elle
fut reléguée parmi les curiosités d'un musée national. La massue de Ziska a joué son rôle longtemps après lui. L'empereur Ferdinand Ier vit
cette grande masse de fer pendue auprès d'un
tombeau, et pensant que ce devait être la sépul-

---

* Ses amis, dit Krantzius, *firent ce qu'il leur avait ordonné et trouvèrent ce qu'il leur avait promis.*

ture de quelque héros, il ordonna à ses courtisans de lui lire l'épitaphe. Personne ne fut assez hardi pour le faire, et il lut lui-même le nom
de Ziska. *Fi, fi!* dit l'empereur en reculant,
cette mauvaise bête, toute morte qu'elle est de-
puis un siècle, fait encore peur aux vivants! Là-
dessus, il sortit de l'église, et fit atteler pour
aller coucher à une lieue de la ville, quoiqu'il
eût résolu d'y passer la nuit. On voyait encore
cette massue redoutable en 1619, lorsque Ferdinand II vainquit Frédéric V, électeur palatin,
que les Bohémiens avaient élu roi. Mais, en s'en
retournant, les Impériaux enlevèrent la massue,
et rayèrent l'épitaphe.

Si Ziska fut écorché, du moins son corps ne
fut donc pas privé des honneurs de la sépulture.
Les Taborites le transportèrent dans la cathé-
drale de Czaslaw, et cette ville, qui avait toujours été fidèle aux principes purs, ne voulut
pas s'en dessaisir. L'épitaphe qu'en 1619, les

Impériaux effacèrent a été conservée par les historiens :

« Ci gît *Jean Ziska*, qui ne le céda à aucun
« général dans l'art militaire, vigoureux vain-
« queur de l'orgueil et de l'avarice des ecclé-
« siastiques, ardent défenseur de sa patrie. Ce
« que fit en faveur de la république romaine
« Appius Claudius l'aveugle, par ses conseils, et
« Marcus Furius Camillus par sa valeur, je
« l'ai fait en faveur de la Bohême. Je n'ai jamais
« manqué à la fortune, et elle ne m'a jamais
« manqué. Tout aveugle que j'étais, j'ai tou-
« jours bien vu les occasions d'agir. J'ai vaincu
« onze fois en bataille rangée. J'ai pris en main
« la cause des malheureux et des indigents,
« contre des prêtres gras et sensuels ; et j'ai
« éprouvé le secours de Dieu dans cette entre-
« prise. Si leur haine et leur envie ne s'y
« étaient opposées, j'aurais été mis au rang

« des plus illustres personnages. Cependant
« malgré le pape, mes os reposent dans ce lieu
« sacré. »

A JEAN ZISKA, Grégoire son oncle.

Rien n'est plus profondément vrai que cette
épitaphe. Æneas Sylvius l'a justifiée en quali-
fiant Ziska de *monstrum detestabile, crudele,*
horrendum, importunum, etc. Et il y a aujour-
d'hui des personnes qui demandent si Ziska a
jamais existé! C'est ainsi qu'on écrit et qu'on
connaît par conséquent l'histoire.

Ziska était représenté en relief sur son tombeau avec ces mots :

« *L'an 1424, le jeudi, veille de la Saint-*
« *Gal, mourut Jean Ziska du Calice, chef des*
« *républiques qui souffrent pour le nom de*
« *Dieu.* »

Chaque secte, chaque nuance de l'esprit hussite inscrivit son distique dans ce temple en l'honneur de Ziska. Évidemment celui qu'on vient de lire ne fut pas tracé par une main calixtine.

« Non loin du tombeau, dit notre auteur, il y a un autel où Jean Huss et Ziska sont représentés l'un auprès de l'autre. Sous l'effigie de Jean Ziska, on lisait ces vers latins...... », que je donnerai en français, et qui me semblent émanés de la secte picarde qui croyait au retour des morts sur la terre, ou, pour mieux dire, à la transmission de la vie * :

« *Huss est revenu du ciel. Si Ziska son ven-* « *geur en revient, Rome impie, prends garde à* « *toi !* »

Jean Ziska était, selon eux, Jean Huss res-

---

*Cette secte, très mélangée, avait été influencée par la croyance des Millénaires. Mais après Ziska on verra que les Taborites ont cru au retour immédiat des âmes dans de nouveaux corps.

suscité, et Procope fut regardé comme le pos-
sesseur de l'âme de Ziska. Dans la Bible, on
voit l'esprit des prophètes passer, en partie ou
en totalité, dans celui de leurs continuateurs et
de leurs adeptes.

Sous la figure de Jean Huss on lisait :

« *Huss, ton vengeur gît ici, Sigismond lui*
« *même a plié sous lui; et comme on voit en*
« *plusieurs lieux les bustes des héros, ainsi*
« *Czaslaw conservera éternellement la mémoire*
« *de Ziska.* »

Ceci pourrait avoir été inscrit par quelques-
uns de ces seigneurs catholiques avec lesquels,
malgré leurs trahisons, Ziska avait cru devoir
jusqu'au bout conserver des ménagements et
une apparence d'amitié. Le misérable Rosemberg, qui l'aidait dans l'occasion à brûler les
vieux Picards, était de ce nombre; et sans
avoir ni foi politique, ni croyance religieuse,

changeant suivant l'occasion, il fallait bien au moins qu'il rendît justice à la valeur célèbre de Ziska.

Plus loin encore une épitaphe bizarre, moitié païenne, moitié picarde :

« *Ci-gît Ziska, vaillant en guerre, la gloire*
« *de sa patrie, l'honneur de Mars. Il a préci-*
« *pité dans le Styx, avec sa foudre vengeresse,*
« *les moines, cette peste criminelle. —Il revien-*
« *dra encore pour punir les bonnets carrés.* »

Derrière l'autel, il y avait une longue et large pierre avec ces mots :

« *Cette pierre fut la table de Ziska lorsqu'il*
« *prenait le corps et le sang du Seigneur.* » Ceci est du pur calixtin.

Enfin sous la massue : « *Jean Ziska repose*
« *sous ce marbre, il fut la terreur des tonsurés*
« *de Rome. Huss! il fut le vengeur de ta mort,*

« *en poursuivant à outrance les ennemis du ca-*
« *lice et en massacrant les moines. Cette massue*
« *toute teinte de leur sang, en sera un témoignage*
« *éternel.* »

Ce distique sanguinaire est franchement taborite.

J'ai transcrit toutes ces épitaphes, parce qu'elles semblent m'expliquer le respect et l'amour
que Ziska le Calixtin inspirait à des esprits tra-
vaillés de tant d'idées contradictoires. Un hérétique de la fin du quinzième siècle ajouta son
hommage aux précédents :

« *Ci-gît le défenseur du calice et de la vraie*
« *foi, le fléau des moines et du prélat romain, le*
« *vaillant défenseur de la Bohême, la terreur de*
« *l'empire d'Allemagne, ce général borgne à*
« *qui Trocznora donna naissance, et qui en*
« *portait les armes.* »

De toutes ces oraisons funèbres je préfère,

pour la justesse de l'appréciation historique et
pour la profondeur du sentiment religieux, celle
qui l'appelle tout simplement le *chef des républiques qui souffrent pour le nom de Dieu*, et je
l'attribuerais volontiers au plus pur, au plus
fort, au plus brave et au plus instruit des Taborites, à Procope le Grand.

Puisque nous examinons les jugements du
passé sur Ziska, nous citerons celui de Cochlée,
l'historien le plus passionné contre lui :

« Si l'on considère ses exploits, on peut non-
« seulement l'égaler, mais même le préférer aux
« plus grands capitaines. En est-il aucun qui ait
« livré plus de combats et remporté plus de vic-
« toires que lui, tout aveugle qu'il était? Ce fut
« lui qui enseigna l'art militaire aux Bohémiens.
« Il fut l'inventeur de ces remparts qu'ils se
« faisaient avec des chariots et dont ils se servi-
« rent si heureusement et pendant sa vie et
« et après sa mort. Comme les Taborites n'a-

« vaient point encore de cavalerie, il trouva
« moyen de leur en donner en démontant la ca-
« valerie ennemie, pour soutenir l'infanterie
« retranchée avec des chariots, etc. »

Cette guerre aux chariots a excité l'admiration de tous les historiens. Par leur moyen les
Taborites, marchant en un seul corps, soldats,
munitions, armes et bagages, étaient toujours
prêts à se former en retranchements mobiles, en
fortifications vivantes, pour ainsi dire. Ils
avaient trouvé le secret de se passer de citadel-
les, en faisant eux-mêmes de leurs camps instan-
tanément, et suivant toutes les combinaisons
que leur dictait le génie stratégique de Ziska,
leurs places de guerre au premier endroit venu.
Ils avaient, pour s'entendre et pour former
leurs plans d'attaque ou de défense, des moyens
ignorés de l'ennemi et connus d'eux seuls. Ces
moyens étaient des lettres, des signes ou des figures qui aidaient chaque soldat à reconnaître

le chariot auquel il appartenait, et chaque conducteur de chariot à prendre et à retrouver sa place dans le combat.

A la massue et au fléau ferré des paysans, Ziska ajouta la lance ou *framée* des anciens Germains, et le bouclier. La lance était longue, légère, et si maniable, qu'on s'en servait également comme d'une pique ou d'un javelot. Le bouclier était également léger et portatif, bien qu'il fût de la hauteur de l'homme. Il était en bois peint, et portait l'effigie du calice, avec de belles sentences exprimant la pensée dominante de chaque secte. On le fixait en terre avec des crocs destinés à cet usage, et on combattait derrière avec l'arc et l'arbalète. Sans doute le bois de ces légers boucliers était d'une extrême dureté et à l'épreuve des traits de l'ennemi. Toutes ces manières de combattre étaient devenues si étrangères aux Allemands, qu'ils étaient frap-

pés d'épouvante et ne savaient aucun moyen
d'en triompher.

Le redoutable aveugle était toujours monté
sur son char auprès du principal drapeau. Il
avait des guides actifs et intelligents qui lui
expliquaient l'ordre de bataille et la situation
des lieux ; et quoiqu'il ne tirât plus l'épée, il
conduisait toutes choses avec la promptitude,
la prudence, la présence d'esprit, la prévoyance
et la pénétration d'un grand général. Sa mémoire était si fidèle, qu'il n'avait qu'à entendre
le nom du lieu où il se trouvait, pour s'en retra-
cer l'aspect, tel qu'il l'avait vu en y passant plusieurs années auparavant, jusqu'au moindre
détail, jusqu'à un ruisseau, jusqu'à un rocher.
Sur le plus simple exposé d'ailleurs, il se représentait si bien la scène, les vallons, les montagnes et les forêts, qu'il ne fit jamais une faute,
et ne commanda jamais une manœuvre qui ne
fût facile et prompte à exécuter. La lorgnette de

Napoléon, qui décida du destin de tant de batailles, méritait bien de devenir célèbre, et de rester l'attribut de ses portraits et de ses statues; mais la cécité divinatoire de Ziska a quelque chose de plus fatal, de plus merveilleux et de plus formidable encore. On représente la justice avec un bandeau sur les yeux. Ziska, ce ministre de la justice de Dieu, selon les Taborites, et de la justice humaine de son siècle en réalité, devait comme l'antique Némésis, être aveugle et insensible aux spectacles d'horreur et aux scènes de désespoir. C'était une sorte d'être abstrait dont la main n'agissait plus et ne se souillait plus dans le sang des victimes, mais dont le nom gouvernait tout et dont l'inspiration faisait tout agir *.

Il sut toujours se faire aimer des siens, et ses

---

* « Il est mort avec cette gloire d'être sorti vainqueur de plusieurs batailles et de n'avoir jamais été vaincu. » *Fulgose*.

soldats l'adorèrent pour sa douceur, son désintéressement, son calme, son affabilité. Ils ne lui
parlèrent jamais qu'en l'appelant frère Jean,
et il ne se servit jamais avec eux que du nom
de *frères*. « Il était de moyenne taille, avait le
« corps robuste et ramassé, la poitrine large,
« la tête grosse, les cheveux ras et châtains, de
« longues moustaches, la bouche grande et le
« nez aquilin. » *Il portait toujours la moustache et le costume polonais,* ce qui pouvait être
une particularité dans un pays où l'on avait dû
prendre les habitudes allemandes, et ce qui n'é-
tait probablement qu'un retour ou un attache-
ment marqué à l'antique coutume slave. On
vit longtemps à Tabor un portrait qui avait été
fait d'après lui de son vivant, et qui pouvait
être une belle chose, car le temps d'Albert
Durer approchait. Ziska était représenté tenant
d'une main sa massue, de l'autre la tête d'un
moine tonsuré. Un ange, debout devant lui, lui

présentait le calice. Des peintures analogues étaient répandues dans toute la Bohême. Sur les portes des villes, sur les murailles, sur les boucliers, partout on voyait des calices grossiers présentés à la foule avide par des anges *. Je m'imagine que ces figures, quelque barbarement peintes qu'elles fussent, devaient avoir un grand caractère, et qu'Albert Durer les vit et en fut frappé. Quelques-unes des gravures sur bois de ce maître semblent être des symboles hussitiques. On y voit le calice simple et austère dans la main de l'ange, et le calice chargé d'ornements, de perles et de pierreries dans celle de la grande prostituée, symbole de l'Eglise romaine. Les cieux pleuvent de sang, les ministres ailés de la colère divine y courent sur les nuages. Dans le fond on aperçoit d'affreux sup-

---

* C'est ce qui donna lieu à un distique latin dont voici le sens: « La Bohême peint tant de coupes, qu'il semble qu'elle n'ait plus d'autre dieu que Bacchus. »

plices, des hommes nus entraînés au sommet d'une montagne et jetés en bas sur les piques et les fourches des soldats. Albert Durer avait embrassé le parti de la réforme. Quoique en véritable artiste de nos jours, et grâce à son talent, il fût bien avec tous les partis, peut-être, dans le secret de son âme, toutes ses allégories apocalyptiques avaient-elles leur sens dans des événements plus récents. Peut-être ces victimes qu'on chasse et qu'on précipite du haut des montagnes sont-elles des Taborites immolés par les mineurs de Cuttemberg*. Un personnage empanaché et d'une grande taille se dessine dans le lointain, assistant aux supplices comme Hérode ou Pilate. C'est peut-être Sigismond ou Rosemberg. Ailleurs, on voit des prélats et des monarques qui font torturer, brûler et aveugler

---

* Ce sont peut-être aussi des Taborites qui se vengent des catholiques et sacrifient aux mânes de leurs proches. Il n'y a pas jusqu'à la longue framée bohémienne qui ne se retrouve dans ces compositions.

des martyrs, peut-être Jean Huss, Jérôme de
Prague, Jean de Crasa, Martin Loquis et tant
d'autres. Je sais qu'on donne à ces planches célèbres des noms tirés de l'histoire de la primitive Église, de l'ancien martyrologe et de l'A-
pocalypse de saint Jean ; mais de saint Jean aux
persécutions des hérétiques du quinzième siècle,
il y a plus près dans le cerveau d'un de ces
hérétiques joannites que de l'Apocalypse aux
martyrs de Dioclétien. Il est certain que les
hérésies du moyen-âge et de la renaissance ont
expliqué admirablement les mystérieuses prophéties de Jean, et qu'aucune autre application
satisfaisante ne peut se trouver hors de là :
toute l'émotion, toute la poésie de ces révolu-
tions religieuses roule sur l'Apocalypse ; toutes
les prédications en furent inspirées, tous les
symboles en furent mis au jour et célébrés avec
enthousiasme.

« La mort de Ziska mit une grande désolation

« dans son armée. On n'entendait que lamen-
« tations et murmures contre la fortune qui
« avait condamné à la mort un homme im-
« mortel. Les Taborites, après avoir mis tout à
« feu et à sang dans les lieux où il était mort
« comme pour sacrifier à ses mânes, et lui avoir
« rendu les honneurs funèbres, se partagèrent
« en trois bandes. » La première retint le nom
de *Taborite,* et choisit pour chef Procope-le-
Grand, que Ziska avait institué l'héritier de ses
œuvres ; la deuxième garda le nom d'*Orébite,*
et mit à sa tête Procope-le-Petit, surnommé
ainsi seulement pour le distinguer par l'antithèse que présentait sa stature, car ce fut aussi
un grand guerrier; la troisième bande prit le
nom d'*Orpheline,* pour désigner son deuil, et
nomma plusieurs chefs pour témoigner qu'elle
n'en trouvait pas un seul en particulier qui fût
digne de succéder à Ziska. Ces Orphelins se
tinrent toujours dans leurs chariots, dont ils se

faisaient un camp, ou plutôt une ville portative.
Ils s'imposèrent la loi de ne jamais demeurer
ailleurs, et de n'entrer dans les villes que pour
les besoins de la guerre et l'approvisionnement
de l'armée. « Ce partage n'empêcha pas que les
« trois corps ne s'unissent étroitement quand
« il s'agissait de la cause commune. Ils appe-
« laient la Bohême *la terre de promission*, et
« les Allemands, soit *Philistins*, soit *Idu-*
« *méens*, soit *Moabites*, soit *Amalécites*, dis-
« tinguant par ces noms ceux des diverses
« provinces. Les Orphelins et Orébites tirèrent
« du côté de la Lusace et de la Silésie, brûlant
« et massacrant tout. Procope-le-Rasé, à la tête
« des Taborites et de ceux de Prague, marcha
« vers l'Autriche par la Moravie. » Nous l'y
suivrons ; car c'est sous les Procope que les
Taborites firent les plus grandes choses, et rendirent la Bohême la terreur des nations envi-
ronnantes, de tout le corps germanique et de

l'Église romaine. C'est sous leur conduite que les Bohémiens furent regardés, non plus comme des hommes, mais comme des démons et des fantômes invincibles. « De sorte qu'il ne s'agis- « sait plus d'anathématiser, mais d'exorciser « cet antre diabolique, cette demeure de Sa- « tan. » Mais avant de nous engager dans cette nouvelle campagne, nous avons à vous raconter, mesdames, les aventures de la comtesse de Rudolstadt.

FIN DU HUITIÈME ET DERNIER VOLUME DE CONSUELO.

Sceaux. — impr. de E. Dépée.

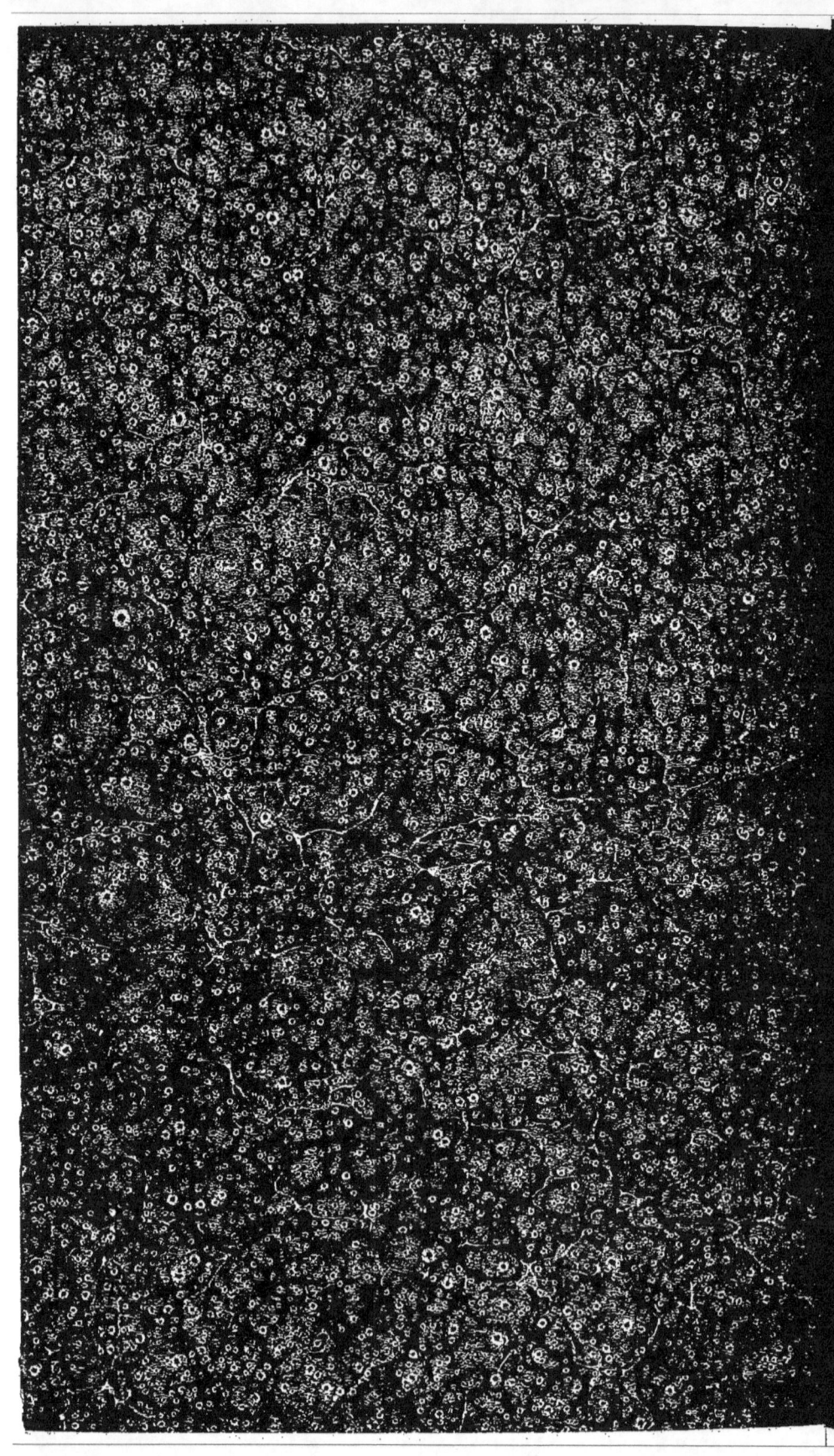

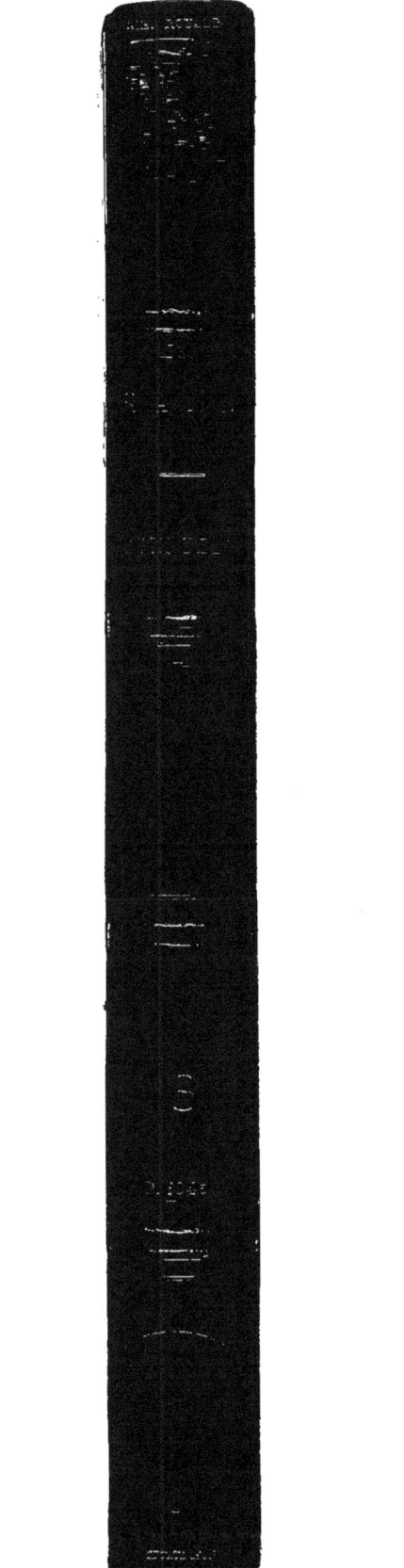

www.ingramcontent.com/pod-product-compliance
Lightning Source LLC
Chambersburg PA
CBHW070306030726
47505CB00004B/919